なみき ビブリオバトル・ストーリー2

決戦は学校公開日

森川 成美／おおぎやなぎちか／赤羽 じゅんこ／松本 聰美 作
黒須 高嶺 絵

さ・え・ら書房

もくじ

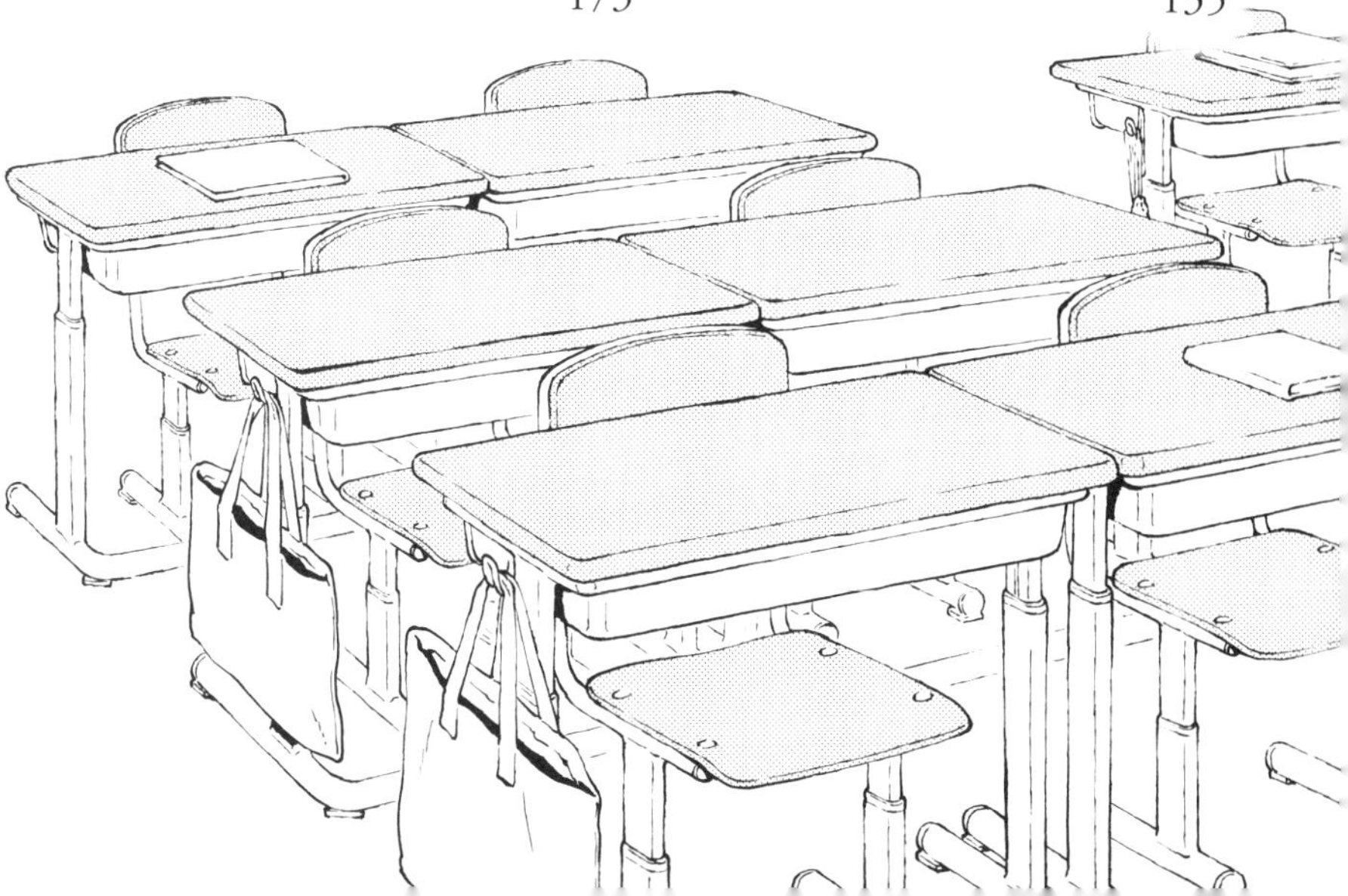

ビブリオバトルって知ってる？
自分の好きな本を紹介《しょうかい》しあうゲームなの。
最後に、一番読みたくなった本「チャンプ本」を
決めるのよ。
とってもおもしろいんだから！

——壇《だん》くるみ　図書館司書

第一部　やがて、ビブリオバトルがはじまる

アナウンサーになりたい

——海《うみ》野《の》珊《さん》瑚《ご》の場合

森《もり》川《かわ》成《しげ》美《み》

1

「はい、四票で、ごっち、じゃなかった、海野珊瑚《うみのさんご》さんの『朝びらき丸　東の海へ』がチャンプ本になりました」

班長《はんちょう》のトリムーがいった。あ、トリムーは本当は鳥越《とりごえ》むつみっていう名前で、鳥越《とりごえ》の「鳥《とり》」とむつみの「む」を合わせて「トリムー」という。あたしがつけた。

あたしは人のニックネームをつけるのが好き。先生は、ニックネームを人の体の見た目とかでつけちゃいけないっていう。もちろん、そんな人を傷《きず》つけるようなつけ方は、あたしはぜったいしない。いつも、みんなに、すごくユニークでセンスがいいってよろこばれている。トリムーも自分のニックネームを気にいってるし。鳥越《とりごえ》さんって呼《よ》ばれるより、ずっとうれしいって。あたしも、もちろん「ごっち」って呼《よ》ばれる方がうれしい。「珊瑚《さんご》ちゃん」より距離《きょり》が近くなる感じがするじゃない?

ともあれ、今はニックネームの話をしてるんじゃない。今、ここ四年二組で班《はん》ごとにビブリオバトルをやっていたのだけれど、そのチャンプ本に、あたしの紹《しょう》介《かい》した本がなった、という話だ。

「やった！」

あたしは、思わずガッツポーズをした。

「おめでとう！」

トリムーは立ちあがると、あたしの手をにぎって、大きく上下にふった。

「ありがとう！」

あたしも立ちあがってにぎりかえしたところで、正面の「キンコ」こと小川《おがわ》セイラが、半目でにらんでいるのに気がついた。キンコ、なんで怒《おこ》ってるのかなと思ったとき、いつもおとなしいキンコが、しぼりだすような声でさけんだので、びっくりした。

「そんなの、うそのチャンプ本よ！」

え？　あたしにいってるの？

どういうこと？

あたしは目が点になった。

ビブリオバトルのチャンプ本は、紹介《しょうかい》された本がなるもので、本を紹介《しょうかい》したバトラーのものじゃない。それは知ってる。先週の授業《じゅぎょう》で、ここ、並木《なみき》小学校のとなりにある並木《なみき》図書館の司書の「クルミン」こと壇《だん》くるみさんが来て、説明してた。

クルミンはそのとき、この四年二組の担任《たんにん》、鈴木太郎《すずきたろう》先生とふたりでビブリオバトルをした。クラスのみんなにビブリオバトルはどうやってやるのかを、説明するためだ。

クルミンが紹介《しょうかい》したのは『からすのパンやさん』という、みんながよく知っている絵本だった。これに対して先生が紹介《しょうかい》したのは、同じく鳥が主人公の絵本でも『よだかの星』という、これもみんながよく知っている宮沢賢治《みやざわけんじ》の童話だった。

で、みんなで手をあげたところ『からすのパンやさん』がチャンプ本になった。

先生はとってもがっかりしていたけれど、それは先生が悪かったのではなく、ただ『よだかの星』がかわいそうなお話で、『からすのパンやさん』が楽しいお話だったからだろうと、あたしは思う。

要するに、ビブリオバトルは、チャンピオンを選ぶものじゃない。選ばれるのは本だ。だからあたしが腹《はら》を立てるのは変かもしれないが、でも、あたしはキンコの「うそのチャンプ本」という言葉を聞きながすことはできなかった。

「なんでうそのチャンプ本なのよ」

あたしは、キンコにいいかえしていた。

「だって、原稿《げんこう》作ったでしょ」

キンコは、あたしの手もとにあるメモを指さした。

「ビブリオバトルは、原稿《げんこう》作ったらいけないのよ。先週の授業《じゅぎょう》でそう教わったでしょ」

たしかに、クルミンはそんなことをいってた。

あたしもそれはわかってた。でも、あたしには、原稿《げんこう》を作って練習したいわけがあったのだ。それにあたしは原稿《げんこう》を読んだわけじゃない。おぼえてしゃべったのだ。このメモは思いだせないときのために作っただけだし、実際《じっさい》には見なかった。

「原稿《げんこう》を読んじゃいけないっていうのは聞いたけど、それは原稿《げんこう》を読むとかたくなっちゃって本のよさが伝わらないからだって、クルミンがいってたじゃない。だったら、おぼえて、かたくならないでしゃべるんだったら、別に悪くないんじゃないの？」

あたしは、キンコに反論《はんろん》していた。

「そお？　だめっていうんだから、だめなんじゃないの？」

キンコはいつになく、いいはる。こんな子だったっけ？　ちょっとびっくりする。おとなしくて、いつも下向いて本読んでる感じだけど。

そもそもあたしが、小川セイラにキンコってニックネームをつけたのは、この子が本を読みながら歩いていて、壁《かべ》にぶつかったのを見てびっくりしたからだ。

家に帰っておとうさんに話すと、

——へえ、二宮金次郎《にのみやきんじろう》だな。すごい。最近めずらしい子だね

といった。

——だれ？　二宮金次郎《にのみやきんじろう》って？

——昔のえらい人で、本が好きで、家の手伝いする間もずっと本を読んでいたんだって

そうなんだ、えらい人なんだ。そうだよね、壁《かべ》にぶつかるまで気がつかないほど夢中《むちゅう》で本を読むなんて、なかなかできるもんじゃない。まるで二宮金次郎《にのみやきんじろう》の女《おんな》版《ばん》、二宮金子《にのみやきんこ》じゃないか。

あたしは感心したから、その次の日からキンコと呼《よ》ぶようになった。

それはともかく、キンコはあたしをまだにらんでいる。

「どうしたんだ？　そこ、何かもめてるのか？」

先生が、心配そうな顔で近よってきた。

わけをちゃんといえばいいのに、キンコはそうせず、甘《あま》えるように先生を見あげた。

「先生、もう一回、ビブリオバトルやりたいです」

先生はうれしそうな顔になった。

「そうか、気に入ったか。じゃあ、再来週《さらいしゅう》の学校公開日、国語の時間にやってみるか」

「はい！　お願いします」

キンコは威勢《いせい》よくいって、頭を下げた。

先生がいなくなってから、キンコはあたしの横に来て、あたしだけに聞こえる声でささやいた。

「珊瑚《さんご》、勝負しよう」

「え？　勝負って？」

「今度のビブリオバトルで、どっちかチャンプ本をとった方が、そうでない方にひとつだけ、いうことを聞かせることにしない？」

「いいよ、別に、そうしても」

あたしは、平気なふりをして答えた。本当のところ、キンコの気持ちがよくわからないから気味が悪い。でも、なんだか、ここでいやだとはいいたくなかった。

いいや、またチャンプ本をとればいいんだ。そうしたら、うそのチャンプ本なんていってごめん、とキンコにいわせてやろう。

いや、それもつまらないな。そうだ。好きな人の名前を教えてっていってみようか。

キンコは美人だ。いくらでも男子にモテそうなのに、キンコの恋《こい》バナを聞いたことがない。あたしなんて、しょっちゅうしてるから、あたしが一組のイケメン、田中くんが好きだって、うちのクラスの女子はみんな知ってるのに。もちろんはずかしいから、本人に告白したことなんかないけど。

キンコがいったいどんな人が好きなのか、興味《きょうみ》がある。

その方がおもしろい。そうしよう。

次の日の学活で、先生が、学校公開日の三時間目に、ビブリオバトルをやると発表した。

再来週《さらいしゅう》の土曜日、十一月十八日だ。

「今度は、きのうみたいに班《はん》ごとにではなくて、イベント型でやります」

「イベント型ってなんですか？」

本のことならいつも、目の色を変えて質問《しつもん》する図書係の日高くんが、聞いた。

「イベント型っていうのは、何人か前に立って発表するのを、みんなで聞いて投票するやり方です。せっかくだから、保護者《ほごしゃ》の方にも投票してもらおう」

えーっ、やだよ、そんなの、はずかしい、という声があちこちであがった。

「本当は全員に発表してもらいたいけど、先生がいろいろ説明してる時間とかを考えたら、発表者は、四、五人ってとこかな。希望者でいきたいと思います。やりたい人」

キンコが一番にまっすぐ手をあげた。

そしてあたしの方を、ちらちらと見る。

そうか、きのう、勝負しようっていわれたもんな。

あたしはしぶしぶ手をあげた。やっぱりちょっとこわい。保護者《ほごしゃ》の来ているところで前に立つのもだけど、チャンプ本にならなかったら、キンコは何を要求してくるのかな。

そのあと、ふたりの男子が決まって、発表者は全員で四人になった。

キンコは「どっちかチャンプ本をとった方が、そうでない方に」といったよね。ってことは、あたしがチャンプ本をとるだけでなく、このふたりの男子がチャンプ本をとっても、あたしはセーフってことだ。

でも、それよりは、ちゃんと勝って、キンコに好きな人の名前をいわせてみたいな。

問題は、どんな本を紹介《しょうかい》するかということだ。

2

「珊瑚《さんご》。ちょっと、あの本返してよ。ビブリオバトル終わったんでしょ」

夕飯のあと、あたしの部屋に、おねえちゃんが入ってきた。

「あ、ごめん」

あたしは、ランドセルの中から、『アナウンサーになろう！』を取りだして、おねえちゃんにわたした。本当は、この本はふたりに買ってもらったので、おねえちゃんひとりのものというわけでもないのだけれど。

おねえちゃんの海野凪《うみのなぎ》は、中学二年生で放送部に入っている。将来《しょうらい》はアナウンサーになりたいのだ。

実はあたしもそうだ。

なんでかっていえば、あたしが、小さいころから、四つ上のおねえちゃんを目標にして、追いかけて今まで来た、というのもあるかもしれない。けど、よく考えてみれば、それより何より、あたしはみんなに声がいいね、とよくいわれていて、それも、歌う声じゃなくてしゃべる声がいい、しかも、アクセントが標準《ひょうじゅん》語《ご》に近くて正確《せいかく》だ、とほめられることが多いからなのかも。

あたしは、何かを朗読《ろうどく》するのがすごく好き。書いてあるものをすっきりまちがいなく読めたときって、すごく気持ちがいい。だからあたしは、アナウンサーをめざしているんだ。

でも、うちの小学校には、放送部はない。

だから、自分なりに勉強をしている。

この『アナウンサーになろう！』という本には、そのための方法が書いてある。どういうふうにいい声を出したらいいのかとか、なめらかにしゃべるために練習する詩や早口言葉ものっている。

あたしが班《はん》ごとのビブリオバトルで、原稿《げんこう》を作ったのは、アナウンサーの練習をするためだった。原稿《げんこう》を何度か読んでから、おとうさんのお古のＩＣレコーダーにいっぺん吹《ふ》きこんでみる。そして、それを聞きながら、まちがっている発音やアクセント、聞こえにくい言葉にマーカーで線を引いて、くせを直す。

たとえば、同じ「が」でも、鼻濁音《びだくおん》と濁音《だくおん》というのがある。「私《わたし》が、学校へ行く」というときの、「私《わたし》が」の「が」は鼻濁音《びだくおん》で、「学校《がっこう》」の「が」は濁音《だくおん》なのだ。鼻《び》濁音《だくおん》は鼻から息を抜《ぬ》いていわなければならない。でも、人の発音を聞いても、どれが鼻濁音《びだくおん》で、どれが濁音《だくおん》かはわかりにくい。

この本にはそういうことがくわしく書いてあって、おねえちゃんも放送部の原《げん》稿《こう》読みを練習するときに使っている。だから姉妹で取りあいみたいになるのだ。

「珊瑚《さんご》、ビブリオバトルはどうだった？」

「うん、チャンプ本とれた」

「わあ、よかったじゃん」

そこは姉妹だ。おねえちゃんは、笑顔になり、ハイタッチしてくれた。

「でもね、もう一回やることになった。で、なんの本にしようかなって思ってて」

おねえちゃんは、ちょっと首をかしげてからうなずいた。

「そうだね。本選びはむずかしいよね。物語は、意外と説明しにくいし」

「そうなの？」

思わず大きな声が出た。あたしが、チャンプ本をとったのは、ナルニア国物語の『朝びらき丸　東の海へ』だったんだけど。

「うん、物語はね、読んでない人によさって伝わりにくいじゃない」

そうだったかな、とあたしは班《はん》での自分の発表を思いだしてみた。

あたしはナルニア国物語が好きだ。

そんなに本を読む方じゃないんだけれど、小さいころから、このシリーズだけはなぜかずっと好きで、よく読んだ。七巻《かん》あるうち一番好きなのが『朝びらき丸　東の海へ』だったのだ。だから、なんの迷《まよ》いもなくこれを選んだ。

どこを紹介《しょうかい》しようかと、それは迷《まよ》った。

あたしがこの本で一番好きなのは、ルーシィが姿《すがた》の見えない人たちにたのまれて、魔法《まほう》つかいのやしきに入り、魔法《まほう》の本を読むところだ。

魔法《まほう》の本にはいろいろなまじないが書いてある。その中に、美人になるまじないというのがあって、ルーシィがおねえさんのスーザンより美しくなる絵が描《か》いてある。ルーシィは絵を見ただけで、結局、そのまじないをとなえないのだが、でも、この場面があたしは一番好きだ。

美人になるまじないって、考えただけでわくわくするし、すてきだと思う。

でも、美人になるまじないがわくわくして好きだ、なんていうのはちょっとはずかしいなと思ったのだ。まるでルーシィと同じっていっているみたいで。

あたしは自分が美人じゃないって、知っている。

おねえちゃんは美人だけど……。

それで、あたしは、別の紹介《しょうかい》の方法を考えた。

うちの家族は、海が好きだ。長い休みには必ず海に行く。おかあさんはスキューバダイビングの免許《めんきょ》を持っているからもぐるし、おとうさんは釣《つ》りをする。

そんなことを説明しながら、無人島でキャンプをしたときのことをしゃべり、この『朝びらき丸　東の海へ』で、主人公たちが遠くの島々をめぐっていく冒険《ぼうけん》がすてきだ、とつなげたのだったけれど。

今度の発表でも、同じ話をするのでは、つまらないかな。

キンコには、勝たなければならないし。

「物語は、やっぱりむずかしい？」

「さあ、発表のしかたによると思うけど。でも、みんなが知ってる本より、めずらしい本の方がいいんじゃない？　そうそう、この前、うちのクラスでやったときは、国語辞典がチャンプ本になったよ」

「国語辞典？」

「うん、びっくりよね。バトラーが、おもしろいところをいくつも引いては読みあげたから、みんなすごく笑っちゃって盛《も》りあがったの。辞書とか事典とかもいいかも」

おねえちゃんはそういって、部屋を出ていった。

たしかに、みんなの知っている話だと、チャンプ本にはなりにくいかもしれない。

クルミンと先生のビブリオバトルのとき、両方とも知っている話だったけど、もし先生が何かめずらしい本を紹介《しょうかい》したら、勝ってたかもしれない。

二日たって、放課後、あたしは並木《なみき》図書館に行ってみた。めずらしい本をさがしにだ。

だけど、二階の児童書コーナーに上がってみると、奥《おく》にキンコがいたので、あたしは回れ右をして帰ろうかと思った。そこにトリムーがやってきた。

「ごっち、ビブリオバトルの本、さがしてるんでしょ」

トリムーの声は大きいので、静かな図書館にひびく。

しっ、とあたしはいったけれど、もう遅《おそ》くて、キンコがこっちを見てしまった。

「ねえ、何にするの？　教えて、教えて」

トリムーはえんりょなく聞いてくる。

いつもだったら、あたしもトリムーに、どんな本がいいかな、と相談していたと思う。

でも、キンコには聞かれたくない。だって、まねされたら、めずらしい本ではなくなってしまう。

「あ、今、考えてるとこ。どれがいいかなって」

あたしはそういいながら、物語のならぶ本棚《ほんだな》の間にわざと入って行った。本当は、事典のあるあたりを見るつもりだったのだけれど。

「またナルニア？」

「ううん、ちがうのにしようかなって思って」

あたしは、その辺にあったぶ厚《あつ》い本を、引っぱり出した。

「わあ、すごい、そんな厚《あつ》いの読むんだ。ごっちって、水泳とか得意だし、いつもまっ黒に日焼けしてるし、アウトドア派《は》だと思ってた」

トリムーはやたらびっくりしている。

日焼けはよけいだよ、と思いながら、ふと目を上げると、キンコが本をさがすふりをしながら、じわじわとこっちに近よってきているのに、気がついた。

ちらちらと、あたしの手にした本を見ている。

あたしの選ぶ本が気になるんだ。

今日はだめだ、帰ろう。あたしは決心すると、手にした本をそのままカウンターに持って行き、貸《か》し出《だ》し手続きをして、図書館をあとにした。

次の週の火曜日。あたしはまた並木《なみき》図書館に行った。

今度はキンコはいないはずだ。だって、だれかに「今日はピアノだから」といっているのが聞こえたもの。

それでも用心して二階に上がる。注意ぶかく見まわしたが、キンコはいなかった。

あたしは、いつもはあまり行かないノンフィクションや辞書、事典がならぶ棚《たな》のあたりをうろうろした。いろいろな種類のものがある。どれを選んだらいいかわからない。

目にとまったのはやっぱりアナウンサー関係だ。

『理系《りけい》アナ桝太一《ますたいち》の生物部な毎日』という本だ。

桝太一《ますたいち》さんは知っている。よくテレビに出ている人気のアナウンサーだ。

これを紹介《しょうかい》してもいいかもしれない。

いや、それだったら、いつもおねえちゃんと取りあっている『アナウンサーになろう！』でもいいかも。

そうだ。この二冊《さつ》のどっちかにすればいいんだ。それで、アナウンサーになりたいから、この本を読んだという話をすればいいじゃないか。

あたしはその本を借りて、家に帰った。

リビングで寝《ね》っころがって、おかしを食べながら読む。

この本は、桝太一《ますたいち》さんが子どものころからのことを書いている。

虫が好きだったこと、生物部でがんばったこと、大学生になってアナゴやアサリの研究をしたこと。そして、就職《しゅうしょく》するときに、テレビ番組の制作《せいさく》の仕事をしたくて、テレビ局を受けたけれど、アナウンサーの試験の方が早かったので、アナウンサーになったことなどだ。

おもしろかった。

でも、あまりアナウンサーの仕事のことは書いていないから、やっぱり『アナウンサーになろう！』にしようかなと思ったときだ。おかあさんが来た。ソファーにすわってあたしを見おろす。

「珊瑚《さんご》、学校公開日のビブリオバトルで紹介《しょうかい》する本を読んでるの？」

「うん、アナウンサー関係の本にしようと思って」

バトラーに決まったことは話してある。キンコとの勝負のことは話していないけれど。

「でも、アナウンサーになりたいってクラスのみんなの前でいうのは、やめといた方がいいんじゃないの？」

おかあさんがいったので、あたしはびっくりして、起きあがった。

「なんで？」

「だって、アナウンサーって美人じゃないとなれないもの。笑われるよ」

「え？　だって、この人おじさんだよ」

あたしは、ちょうどテレビでニュースを伝えているアナウンサーを指さした。

「男の人はいいの。女子のアナウンサーは、タレントさんと同じだから、美人じゃなきゃなれない」

「おねえちゃんもなりたいって、みんなにいってる……」

「凪《なぎ》は、おとうさんに似《に》てまあまあだから。でも、珊瑚《さんご》は、おかあさん似《に》だし」

おかあさんは自分を指さして笑った。

「ずんぐりで、丸顔。色黒で、鼻は低いしね」

おかあさんがずけずけとものをいうタイプだっていうことは、知ってる。

だけど、あたしはショックだった。

アナウンサーになりたいとずっと思ってたのに、あたしには無理ってこと？


あたしは美人じゃない。

それは知ってる。

おねえちゃんにくらべて美人じゃないとまわりが思っているのも、ずっと知ってた。

だけど、アナウンサーは美人じゃなければなれないなんて。

そんなこと、どこにも書いてなかった。

夜、おとうさんが帰ってきてビールを飲みながら、テレビを見ているときに、あたしはとなりにすわって、聞いてみた。

「おとうさん、あたしって、美人じゃないよね」

はあ?というような顔でおとうさんはあたしの方を向いてから、笑った。

「そんなこと気にするな。珊瑚《さんご》は、かわいいからいいんだよ」

おとうさんは、小さい子にするように、あたしの頭をなでた。


あんまりショックだったので、何も決められないまま、とうとう学校公開日の前の日になってしまった。なんの準備《じゅんび》もしていない。本さえ選んでいない。

前回の原稿《げんこう》をまだおぼえているから、もう一度『朝びらき丸　東の海へ』をやろうかと思ったが、またキンコに「うそのチャンプ本」といわれるのもいやだなと思った。

キンコはいいな、美人だし。うらやましい。

もしアナウンサーになりたいといっても、笑われないだろう。

おかあさんには、ああいわれたけれども、アナウンサーになりたいという気持ちは、あきらめきれない。今までずっとそのつもりでがんばってきたのだ。あたしはまだ、アナウンサーになりたいと思っている。

でも、笑われるかも、と思えば、やっぱり『アナウンサーになろう！』を紹介《しょうかい》することはできない。

せっぱつまって、並木《なみき》図書館に行き、また事典の棚《たな》をうろうろした。さすがにキンコはもう紹介本《しょうかいぼん》を決めているのだろう、来ていない。

ふと、『21世紀こども百科　しごと館』という本が目にとまった。事典の一冊《さつ》だ。きっといろいろな職業《しょくぎょう》のことが書いてあるのだ。

手に取って開いてみる。

職業《しょくぎょう》があいうえお順にならんでいた。

「あ」のところにアナウンサーもある。テレビ局のスタジオの写真や、ニュース原稿《げんこう》を読んでいるところの写真などがある。

ほかにどんな職業《しょくぎょう》があるのかなと、ぱらぱらとめくっていたときだ。

たまたま開いたページに目が引きつけられた。

「ワイド特集　テレビ番組を作る人たち」というページだ。テレビ局の本番中のスタジオや副調整室の絵が描《か》いてあって、プロデューサー、ディレクター、放送作家などの人々が、どこで何をしているかが示《しめ》されている。制作《せいさく》スタッフや技《ぎ》術《じゅつ》スタッフ合わせて、三十人近くの人が番組を支《ささ》えていると書いてある。

あたしは、この前読んだ桝太一《ますたいち》さんの本を、思いだした。

桝太一《ますたいち》さんは、本当はアナウンサーではなくて、番組制作《せいさく》をする人になりたかったのだった。読んだときは、制作《せいさく》って何をするのか、よくわからなかったが。

そうか、制作《せいさく》というのは、こういうテレビに映《うつ》らない裏《うら》の仕事のことをいうのか。

表ではなやかな活躍《かつやく》をしている桝太一《ますたいち》さんが、こういう仕事を本当はやりたいと思っていたというのが、びっくりだ。

紹介本《しょうかいぼん》は『21世紀こども百科　しごと館』にしようかな、とあたしは思った。事典だし、みんなが読んだことがなさそうだし。それに人それぞれなりたい職業《しょくぎょう》がちがうのだから、アナウンサーのことだけ書いてある本より、みんなに興味《きょうみ》を持ってもらえていいかもしれない。

それより何より、あたしが、アナウンサーになりたいということが、ばれなくていい。

よし、これに決めた。

3

学校公開日、当日になった。

「珊瑚《さんご》、応援《おうえん》してるからね。がんばりなさいよ」

玄関《げんかん》を出るとき、おかあさんが、そういってハイタッチをした。

「うん。でも、おかあさん、質問《しつもん》したりしないでね」

あたしは一応《いちおう》、くぎをさしておいた。おかあさんは、平気でずけずけものをいうタイプだ。いつか、学校公開日の算数の授業《じゅぎょう》で、先生が質問《しつもん》ありませんか？と聞いたとき、はいっと手をあげたことがある。先生もびっくりしたし、みんなもびっくりした。あたしははずかしかった。

今日は質問《しつもん》タイムがあるから、おかあさんはよけいに何かやらかしそうだ。

「だいじょうぶよ。だまってるから。安心してがんばれ」

おかあさんはにこっと笑って、あたしの背中《せなか》をどんとたたいた。

教室には、朝からちゃんとスクリーンとプロジェクター、パソコンが用意してあった。タイマーを映《うつ》すのだ。それから、鈴木《すずき》先生は、いつものジャージではなくて、ＰＴＡのある日に着てくるグレーのスーツだった。おしゃれなネクタイも締《し》めている。

一時間目と二時間目は、あたしはうわの空で、ビブリオバトルの発表でいうことをずっと考えていた。だいたいはきのうの晩《ばん》に考えてあったが、この前とちがって原稿《げんこう》がないからちょっと不安だ。

でも、アナウンサーだったら、スポーツの実況中継《じっきょうちゅうけい》だって原稿《げんこう》なしでしゃべらなければならない。これも勉強だ、とあたしは大きく息を吸《す》った。

二十分休みが終わりかけたころから、たくさんの保護者《ほごしゃ》が教室の中に入ってきた。きっとビブリオバトルの授業《じゅぎょう》はめずらしいし、朝ごはんの片《かた》づけをしてから、ゆっくり出てこられるような時間だから、集まったのだろう。なんだか緊張《きんちょう》する。

授業《じゅぎょう》がはじまる。

最初に先生が、ビブリオバトルの由来《ゆらい》やルールについて、説明した。

ビブリオバトルは、バトラーだけのものでなく、みんなが参加して読みたい本に投票するものであること。だから、五分間の発表のあと、質問《しつもん》タイムがあること。この質問《しつもん》タイムでは、保護者《ほごしゃ》もえんりょなく質問《しつもん》してほしいこと。なぜなら、保護者《ほごしゃ》にも投票してもらうからだ、と先生がいった。

あたしはこっそり後ろを向いて、おかあさんをさがした。

おかあさんは教室の後ろのすみに立っていたが、あたしと目が合うと、右手の親指をつきたてて、了解《りょうかい》のしぐさをしたので、あたしはほっとした。

——わかってるわよ。質問《しつもん》はしないわよ
という意味だ。

それから、あたしたちバトラーの四人が前に出て、じゃんけんをすることになった。

発表順を決めるためだ。

「勝った順な」

先生がいった。

じゃあ、負けた方がいいな、とあたしは思った。せめて、キンコよりあとがいい。そうすれば、キンコの出方《でかた》を見て、紹介《しょうかい》の内容《ないよう》を変えられる。

あたしはグーを出した。いつもあたしはグーで負けることが多いからだ。

でも、一番勝ってしまった。今日にかぎって。

「じゃあ、海野さんが一番目」

先生がいった。キンコは三番目だ。三番目ぐらいが楽なのに。

どうしてこんなふうに、何もかもうまくいかないのかな。でも、めげてちゃだめだ。そんなのあたしらしくないじゃないか。がんばるんだ、珊瑚《さんご》。

修行《しゅぎょう》でござる

——十文字吉樹《じゅうもんじよしき》の場合

おおぎやなぎちか

1

せっしゃ、よし丸は、忍者《にんじゃ》でござる。

すばやい動きが得意。

タッ、タタタタッ。

おっと、大きい本をかかえていたから、ころびそうになった。あぶない、あぶない。

残念ながら、今のところは、ふつうの小学生だ。でも、ゆうしゅうな忍者《にんじゃ》になるため、おれもがんばってるわけ。そのとらの巻《まき》が、この本！『なるほど忍者《にんじゃ》大図鑑《だいずかん》』だ。

今度、クラスで班《はん》ごとのビブリオバトルをやるんだけど、おれが紹介《しょうかい》するのは、この本しかない！

だって、それ以外の本なんて、読んでないからね。

そもそもはじまりは、おとうさんに、夏休み期間限定《げんてい》イベント「忍者村《にんじゃむら》」に連れていってもらったことだった。

それまでおれは、忍者《にんじゃ》って、黒いいしょうを着て、指を合わせてドロンってするとか、手裏剣《しゅりけん》を投げるとかのイメージしか持っていなかった。

でも、その忍者屋敷《にんじゃやしき》に入ってすぐ、おとうさんがぱっと消えたと思ったら、別の方向から出てきて、びっくりした。そんなからくりがおもしろくって、すっかりはまったってわけ。

しかも、案内してくれたスタッフのおにいさんが、「きみみたいに、小がらな方が忍者《にんじゃ》に向いてるんだよ。すばしっこそうだしね」なんていってくれて、（そうかー、そうだよな）となった。わら人形に向かって手裏剣《しゅりけん》を投げたり、居合《いあ》い抜《ぬ》きをしたり、3Dの水の上にはったロープを歩いたり。そして、「すじがいいよ。修行《しゅぎょう》しだいでは、きっと本物の忍者《にんじゃ》になれるぞ」といわれたんだ。

「忍者《にんじゃ》って、ほんとにいるの？」

「忍《しの》びの存在《そんざい》だから、テレビのニュースにはならないけどね」

スタッフのおにいさんは、手裏剣《しゅりけん》をしゅっとわら人形に向かって投げた。

かっこいい！　そのすばやい動作を見て、（この人、本物の忍者《にんじゃ》かも。そうか、修行《しゅぎょう》をつんでるんだ！）とわかった。ぶるるっと身ぶるいしちゃったよ。

そうか、修行《しゅぎょう》だ。

修行《しゅぎょう》をつまなきゃ、と決心した。


ってことで、うちに帰ってからは、もらったパンフレットに書いてあった折り紙手裏剣《しゅりけん》を作って、投げ方を練習している。すり足、忍《しの》び足も。

だいたい「十文字《じゅうもんじ》」っていう名字が、忍者《にんじゃ》っぽい。祖先《そせん》は忍者《にんじゃ》だったのかもしれない。としたら、「吉樹《よしき》」より、「よし丸」の方がいいんじゃないか？

夏休みあけにきた転校生には、

「せっしゃは、『十文字よし丸』。忍者《にんじゃ》の修行《しゅぎょう》中でござる」と、自己紹介《じこしょうかい》した。

葉月《はづき》という転校生はぽかんとした顔をしたし、女子のだれかが「バカ」とつぶやくのも聞こえたけど、鈴木《すずき》先生はやさしいから、

「十文字吉樹《よしき》。忍者名《にんじゃめい》よし丸ってところか」と笑ってくれた。

休み時間は、雲《うん》ていを使って木から木へ飛びうつるつもりで修行《しゅぎょう》。半分地面にうめこまれたタイヤの間をすばやく走ったりもしている。

ある日、雲《うん》ていからおり、ポケットからさっと投げた折り紙手裏剣《しゅりけん》が、ひとりでブランコにすわっていた葉月の足もとに落ちた。葉月はすぐに、

「十文字くん、忍者《にんじゃ》の修行《しゅぎょう》をしてるんだね」ってひろってくれたけど、おれは「お、おう」としかいえず……。忍者《にんじゃ》だったら、「さようでござる」っていわなきゃな。

葉月は、授業《じゅぎょう》中も休み時間も、自分からは話さず、じっとしている。うちのクラスの女子って元気すぎるから、友だちができずにいるのかも。同じ班《はん》だから、おれが話しかけたらいいのか……。でも、女子と話すのは苦手だ。

その後もなんとなく、葉月のことが気になって見ていたら、やっぱりほかの女子と話をしている様子はない。かわいそうと思ったけど、忍者《にんじゃ》の術《じゅつ》ではどうにもできないしなあ。

そして、クラスでビブリオバトルをやるっていう少し前、誕生日《たんじょうび》プレゼントにこの『なるほど忍者大図鑑《にんじゃだいずかん》』を買ってもらった。忍者村《にんじゃむら》でもらったパンフレットはもうボロボロだったから、最高の気分。

いろんな形の手裏剣《しゅりけん》や、くさり鎌《がま》の写真があってわくわくしたり、弓矢にも、火矢《ひや》や毒矢《どくや》、文矢《ふみや》、ほかにもあることがわかって、(すげぇ!)とこうふんしたり。術《じゅつ》や戦い方、それにふだんの生活もくわしく書いてあり、とにかく(忍者《にんじゃ》って、すごい!)と夢中《むちゅう》になった。忍者《にんじゃ》って、ふんどしも黒いんだ。女の人や旅芸人に変装《へんそう》もするんだから、かっこいい! 自分が好きなときに好きなページをめくって楽しめるところもいい。

ところが、この本の最後の方に、ショックなことが書いてあった。

——忍者《にんじゃ》は、どんなに強くても、大将《たいしょう》になったり、大名《だいみょう》になったり、人の上にたつ人間にはなれませんでした。

秘密《ひみつ》の仕事だったこともあるが、敵《てき》をだましたり、裏《うら》をかいたり、手段《しゅだん》を選ばなかったから、ひきょう者とされていたという。

忍者《にんじゃ》は大変な修行《しゅぎょう》をして、今だったら、プロのスポーツ選手くらいの足の速さや、すばやさをそなえている。薬や天気についての知識《ちしき》もいっぱいで、医者や気《き》象予報士《しょうよほうし》みたいなもんだ。それなのに、ほめられることも感謝《かんしゃ》されることもなかったなんて、そんなの、ひどいじゃないか。

クラスの中には、成績《せいせき》がいいやつ、ずっとクラス委員をしているやつ、サッカーチームや野球チームに入って活躍《かつやく》しているやつもいる。でもおれは、委員になったこともないし、賞状《しょうじょう》をもらったこともない。

そんなおれだからかもしれない。ほめられなくても、実はすごい活躍《かつやく》をしていた忍者《にんじゃ》に、ますます夢中《むちゅう》になった。

2

そんなある日のことだった。

給食のあと、同じクラスの碧人《あおと》と宗太《そうた》の会話がちらっと聞こえた。

「ムサシが、また穴《あな》をうめちゃってたよ」

「せっかくオレらが毎日ほってるってのに。アオトんちの犬だろ。なんとかなんないの？」

「うーん……」

ムサシというのは、犬の名前っぽい。が、問題なのは、穴《あな》の方だ。穴《あな》だって？

「おまえら、土《ど》とんの術《じゅつ》やってんの？」

ふたりが、ぎょっとした顔でふりむいた。

「ど、どと？」

「ど・と・ん！　土《ど》とんの術《じゅつ》。忍者《にんじゃ》の術《じゅつ》のひとつだよ。だって、穴《あな》ほってるんだろ？」

ぽかんと顔を見あわせたあと、碧人《あおと》は、

「ぼくら、恐竜《きょうりゅう》の時代に近づこうとしてるんだよ」なんていう。は？　なんのこと？

「そっか。吉樹《よしき》くんは、忍者修行《にんじゃしゅぎょう》してるんだっけ」

「吉樹《よしき》じゃない。よし丸！」

「あ、そうだった。ゴメン。よし丸くん」

このふたり、気が弱くって、忍者《にんじゃ》は無理だな。

でも、穴《あな》は気になる。

土《ど》とんの術《じゅつ》というのは、穴《あな》にかくれて敵《てき》にふいうちをくらわせたり、建物の下にぬけ道をほったりすること。落《お》とし穴《あな》だって、りっぱな土《ど》とんの術《じゅつ》だし、土けむりや、土をばらまいて目つぶしをすることも入っている。

前から一度、ためしてみたいと思ってたんだけど、うちはマンションで庭がないし、校庭で穴《あな》をほったりしたら、さすがの鈴木《すずき》先生だって怒《おこ》るだろう。そこに、碧人《あおと》たちの話が聞こえてきたってわけだ。あいつら、碧人《あおと》のうちの庭に、穴《あな》をほってるんだな。

よし、ていさつだ。これも、修行《しゅぎょう》。えんりょはいらない。

さっそく放課後、泥《どろ》を顔にぬるという急ぎの変装《へんそう》で、碧人《あおと》と宗太《そうた》を尾行《びこう》した。ポストや電信柱にかくれ、ふたりが角を曲がったら、ダッシュする。そしてまたかくれる。

ふたりは、何か夢中《むちゅう》で話をしながら歩いているから、おれにつけられてるなんて、気づかない。とちゅうで宗太《そうた》が別れ、碧人《あおと》ひとりになった。それからほどなく、着いたのは、垣根《かきね》のある古い家だった。

ここか！

ちょっと忍者屋敷《にんじゃやしき》っぽい。いいなぁ。

碧人《あおと》が「ただいまー」と中に入ったので、忍《しの》び足で庭にまわった。さすがに、こっそり人んちに入るのは初めてなので、ドキドキ。

小さいけど、池もある。あれは、石どうろうっていうんだったかな。木もいろいろ。この庭で修行《しゅぎょう》ができそうだ。

穴《あな》は……？

あった！　あれにちがいない。垣根《かきね》に近いところに、穴《あな》が見える。学校菜園で野菜の苗《なえ》を植えたことがあったけど、それよりだいぶ大きい。でも人が入れるほどではない。横には、すくいだした土が盛《も》りあがっていた。よしっ、行け。

が、そのときだった。

「ワン、ワワワワン」

犬が目の前にあらわれ、おれに向かってほえたてた。

「シッ、シー」

これが、ムサシだな。

「おい、あやしいもんじゃない。ほえるな」

しかし、ムサシは、ほえるのをやめなかった。

「ムサシ、どうしたの？」

庭に面した窓《まど》が開いた。

「ええ？　よし丸くん？」

碧人《あおと》だ。「お友だち？」と後ろからおばあさんも顔をのぞかせた。

おれは、穴《あな》を横目で見ながら、

「はは、よお。ここ、おまえんちだったんだ」ととぼけ、このあとどうしようか、必死に考えた。が、口から出たのは、

「これじゃあ、身をかくせないな」という言葉だった。でも、ちょっと片足《かたあし》を入れてみたり……。

「よし丸くん、かんちがいしてるよ。これは、忍者《にんじゃ》のための穴《あな》じゃないんだよ。ねえ、出てよ。これは……」

ああ、もういいってば。

「わりぃ、わりぃ。さらばじゃ」

おばあさんにぺこっと頭をさげ、さっさとたいさんした。

なんか、「ちそう」がどうのっていってたけど、まさか「ごちそう」じゃあないよな。さっぱりわからない。

3

そして、班《はん》ごとのビブリオバトルの日。

おれは、『なるほど忍者大図鑑《にんじゃだいずかん》』を紹介《しょうかい》した。まっ、術《じゅつ》の説明をしただけで終わっちゃったけど。

うちの班《はん》のチャンプ本は、女の子と猫《ねこ》のイラストが表紙の『なんでも魔女《まじょ》商会《しょうかい》　お洋服《ようふく》リフォーム支店《してん》』という本だった。女子三人が「かわいい」ってさけんだけど、「この子は魔女《まじょ》なんだけど、魔法《まほう》を使わずに洋服のリフォームをするんです」という言葉に、きっと興味《きょうみ》を持ったんだろう。

おれは、葉月が紹介《しょうかい》した『画本宮澤賢治《がほんみやざわけんじ》 銀河《ぎんが》鉄道の夜』に手をあげた。全体的に絵が黒っぽくて、見たとたん、忍者心《にんじゃごころ》がくすぐられたんだ。でも、気に入ったのはそれだけじゃない。宮沢賢治《みやざわけんじ》って、この前鈴木《すずき》先生とクルミンがビブリオバトルをやったときに、先生が紹介《しょうかい》した『よだかの星』の作者だ。この人、生きてるときはぜんぜん有名じゃなかったんだ。それが、忍者《にんじゃ》と似《に》ているなって、思ってさ。

『なるほど忍者大図鑑《にんじゃだいずかん》』に手をあげてくれたのは、葉月だった。へっへー。かなり、うれしい。

図書係の日高は、すっごく本を読んでいるらしいけど、チャンプ本をとれず、くやしそうな顔をしていた。ほかの班《はん》でも、それぞれチャンプ本が決まった。

「みんな。チャンプ本をとれなかったり、自分が紹介《しょうかい》した本にだれも手をあげてくれなかったりしても、がっかりするなよ。もう読んでいた本だったかもしれないし、二番目に読みたい本だったのかもしれないからな」

そういえば、葉月は、『なんでも魔女商会《まじょしょうかい》』が出たとき、「読んだことある」ってつぶやいていた。だから、おれの本に手をあげたのかな。おれは、日高が紹介《しょうかい》した『世界でいちばん貧《まず》しい大統領《だいとうりょう》からきみへ』に手をあげようか、迷《まよ》ったし。

「並木《なみき》図書館の方がおっしゃっていたように、ビブリオバトルはドキドキするけど、それがいい経験《けいけん》なわけだしな」

先生は、ビブリオバトルが盛りあがったので、うれしそうだ。でも、そのあと、

「まあ、先生もこの前クルミンに負けて、くやしかったけど……」といって頭をかいた。大爆笑《だいばくしょう》だ。図書館の人じゃなく、みんなが呼《よ》んでいる「クルミン」になっているし。

あれ、なんか女子がもめている。あれこれいいあって、うそがどうとか？　女子って、なんかこわっ。

そして次の日の学活で、再来週《さらいしゅう》の学校公開日に、もう一度ビブリオバトルをすると発表された。今度は班《はん》ごとではなく、何人か前に出て発表するやり方にするのだという。「やりたい人」と先生が聞いたら、きのういいあらそっていた「ごっち」こと海野珊瑚《うみのさんご》と、「キンコ」こと小川セイラが手をあげた。

するとと、日高が、

「よし丸、修行《しゅぎょう》、修行《しゅぎょう》っていってたじゃん。これも修行《しゅぎょう》になるんじゃないか。出ろよ」という。チャンプ本をとれなくてくやしがってたんだから、自分が出たらいいのに。でもこいつ、あんがい度胸《どきょう》がないんだな。それになんでも修行だっていうのは、たしかに発表の中でいったことだった。

「ほら」

もう一度うながされ、そーっと手をあげた。

「おっ、よし丸。やるか！」

先生は、意外そうな顔でおれを見る。これまで、こういうときに手をあげたことなんてなかったからだ。

おどろいたのは、碧人《あおと》も手をあげたことだった。

先生はさらに、「きのうのビブリオバトルで、『読みたい』と手をあげた本、読んでみような。紹介《しょうかい》した人に借りてもいいし、学校の図書室や図書館でもいい。もちろん、本屋さんでもいいぞ」といった。

葉月が、うなずいていた。『なるほど忍者大図鑑《にんじゃだいずかん》』を読んでくれるのかな。

んじゃ、おれも『銀河《ぎんが》鉄道の夜』を読まなきゃ。

っていうことで、行ったのが並木《なみき》図書館だ。二階にある児童書コーナーで、『銀河《ぎんが》鉄道の夜』をさがしたけど、本がたくさんありすぎる。棚《たな》一列ずーっと見ても、見つからなくて、「はーっ」っと大きな声を出してしまった。すると、「どうしたの？　何かさがしてる？」って、声をかけられた。クルミンだった。

「ああーっと、『銀河《ぎんが》鉄道の夜』っていう本を……」

口ごもっていたら、

「それなら、こっちよ」と、すぐに手まねきをしてくれる。なんだ、はじめっから聞けばよかったってことか。

『銀河《ぎんが》鉄道の夜』は、何冊《なんさつ》もあった。大きさも厚《あつ》さも、絵もいろいろだ。

「あ、これこれ」

葉月が紹介《しょうかい》した『画本宮澤賢治《がほんみやざわけんじ》　銀河《ぎんが》鉄道の夜』があった。

「借りていく？」と聞かれたけど、大きい本だし、フロアにあるソファで読むと答えた。ほんとは、貸《か》し出《だ》しカードを作るのがめんどくさかったんだけどさ。

図書館のソファは、めっちゃすわりごこちがよかった。そのせいもあったと思う……んだけど、『銀河《ぎんが》鉄道の夜』を読みはじめて、五ページくらいまではおぼえているんだけど……

寝《ね》てしまったんだ。

ハッと気づいたときには、目の前にクルミンが立っていて、「ふふ」と笑われた。

あわてて、そででよだれをふいたけど、もう遅《おそ》い。そして、寝《ね》ていたのをごまかしたくて、「おれ、こういうの……、なんていうかな、ほんとのことじゃない話……。よくわかんないかも」なんていっていた。

「うーん、ほんとのことじゃない、かなあ。お話ってね、だれかが作ったもので、わたしたちには見えないものを書いてあったりするけど、だから、うそかっていうと、そうじゃないと思うんだよ。宮沢賢治《みやざわけんじ》には、いろんなものが見えていたんだと思うの」

でもやっぱり、よくわかんない。ふりがなはついてるけど、漢字が多いしな……、あ、それが一番の理由かも。

「ふふ、むずかしく考えなくていいよ。人はひとりひとりちがうんだから。好みも、合う合わないもある。本だってそうよ。ええーっと、あなたは……」

「よし丸です」

「え？」

「忍者名《にんじゃめい》」

ぷっ、とふきだされた。

「よし丸くんは、忍者《にんじゃ》が好きなの？」

こくん、とうなずく。

「だったら、忍者《にんじゃ》の物語を読んでみたら？」

「え、あるの？」

「もちろんよ！」

うれしそうに目を見ひらくと、さっそく、数冊《すうさつ》の本を持ってきてくれた。

「おすすめは、これ。『なん者《じゃ》ひなた丸《まる》』の『なん者・にん者・ぬん者』シリーズだな。どう、読んでみない？」

なん者？ 忍者《にんじゃ》じゃないの？ と思っていたら、

「なん者っていうのはね……、読んでみたらわかる！」と、本をわたされた。

『なん者《じゃ》ひなた丸《まる》 ねことんの術《じゅつ》の巻《まき》』という本の表紙には、ねこのぬいぐるみを着た男の子がいる。忍者《にんじゃ》の黒しょうぞく姿《すがた》もあるから、一応《いちおう》、忍者《にんじゃ》ものではあるらしい。

もう一度ソファにすわりなおして、その本を開いた。

そして、すっかりはまった。

おもしろい！

なるほど、〈なん者〉というのは、一人前になっていない忍者《にんじゃ》のこと。つまりおれみたいなもんだ。その〈なん者〉であるひなた丸が、ひとつだけ使えるのが、〈ねことんの術《じゅつ》〉なのだった。といっても、とんぼ返りをする間に、三毛ねこのいしょうに着がえるってだけのこと。十字手裏剣《しゅりけん》も投げられるが、三回のうち、あたるのは一回だけだ。

そんなひなた丸だが、となりの国をさぐるという仕事をすることになる。父であるかげ丸《まる》をはじめとする〈にん者〉たちは、いそがしくて、みんな村にいないからだ。

ひなた丸のおじいさん雲隠三蔵老人《くもがくれさんぞうろうじん》は〈ぬん者〉。もう〈にん者〉を引退《いんたい》している。つまり、「なん者、にん者、ぬん者」という段階《だんかい》があるのだ。ここでもう、笑ってしまう。ひなた丸が住んでいるのは何田《なんだ》の国。何田《なんだ》のとのさまがいる町は、神田《かんだ》の町。だから、とのさまは、「なんだ、かんだ、かんだのとのさま」と呼《よ》ばれている。よく、こんなことを思いつくなあと思った。

そして、気づいたときは、一冊《さつ》を読んでしまっていた。えぇー、おれが本を一冊《さつ》読んじゃうなんて！

もう夕方だし、帰ろうと、本を持ってカウンターへ行った。

「これ、どこに返したらいいんですか？」

クルミンが持ってきてくれたから、どの棚《たな》にあったかわからないんだ。

「こっちで返しておくからいいわよ。で、どうだった？」

「おもしろかった」

「でしょう！」

なんで、ここでファイティングポーズ……？

「続きも読んだら？」

「え？　まだあるの？」

「あるわよ。十五巻《かん》まで」

そ、そんなに。

でも、読みたい。

結局、貸《か》し出《だ》しカードを作ってもらい、『なん者《じゃ》ひなた丸《まる》』の二巻《かん》と三巻《かん》を借りた。五冊《さつ》まで借りていいっていわれたけど、さすがに五冊《さつ》は多い。

でも、棚《たな》には、シリーズの『火炎《かえん》もぐらの術《じゅつ》の巻《まき》』『月光《げっこう》くずしの術《じゅつ》の巻《まき》』……とおもしろそうなタイトルがずらりとならんでいて、どれも読んでみたいと思った。

その日のうちに、二巻《かん》を読みおわり、三巻《かん》は、次の日の朝読に持っていった。（実をいうと、これまで朝読は、教室にある本をぺらぺらとめくっているだけだった）

ああー。ひなた丸が、ピンチに……。どう切りぬけるんだ。

休み時間に続きを読もうとしていたら、葉月に声をかけられた。

「ね、よし丸くん。あたし『なるほど忍者大図鑑《にんじゃだいずかん》』読んだよ。忍者《にんじゃ》って、すごいね」

やっぱり、葉月は読んでくれたんだ。

「な、だろ。だろ」

「うん。それでね、これ、作ったの」

葉月がポケットから出したのは、折り紙手裏剣《しゅりけん》だった。おれがいつも作っている十字手裏剣《しゅりけん》じゃあない。八枚《まい》の折り紙で作る、八枚手裏剣《まいしゅりけん》だ。

「すっげー。おれ、これどうしても作れなかったんだ。むずかしいもんな」

こうふんして「教えて」「いいよ」とやっていた。葉月もにこにこしていた。だが、

「へえー。仲いいね。葉月さんって、おとなしいかと思っていたら、意外」と、女子の中から、からかうような声があがった。その瞬間《しゅんかん》、葉月の顔がこわばる。

「あ、あの……、ただ、忍者《にんじゃ》って、すごいなと思って……」

「幼稚《ようち》っぽいと思うけどね」

「ね」

な、なんだよ。こいつら。

「あのよ、忍者《にんじゃ》はよ……」

ここは、忍者《にんじゃ》のすごさを教えなくては。でも、女子たちは、もう教室を出ている。葉月もだった。

二時間目のチャイムがなってもどってきた葉月に、「あいつら、感じ悪いな」と声をかけたが、返事もないし、おれの方を見ようともしない。腹《はら》が立って、二十分休みは本の続きを読まずに、校庭を走った。が、さっと手裏剣《しゅりけん》を投げるポーズをしたり、『なん者《じゃ》ひなた丸《まる》』に出てくる、立てひざで、手をグーの形にして自分の前の地面につける、〈にん者《じゃ》すわり〉をしてみたり。ああ、やっぱりひなた丸《まる》の続きが気になる。教室にもどって、本を開く。

こうして、ちびちびと一日かけて三巻《かん》を読み、帰りには、図書館で五冊《さつ》借りて帰った。

結局、十日間でシリーズ全巻《ぜんかん》を読んでしまった。十五巻《かん》目を返したとき、クルミンに、

「マラソンだったら、完走だね。ゴール！」といってもらえた。そして、「よし丸くん、今度の学校公開日にもビブリオバトルやるのよね。鈴木《すずき》先生にお聞きしたのよ。紹介本《しょうかいぼん》は？」と、いたずらっぽく聞いてくる。

「もちろん、『なん者《じゃ》ひなた丸《まる》』！」

それしかない。

4

学校公開日の前の日。朝、先生が教室のすみの机《つくえ》で何か書いているところへ行き、「あのさ、お願いなんだけど…」と、耳もとでささやいた。

先生は頭に手をやり、「はあ〜っ」とあきれたような声を出したけど、「よし丸が本を好きになってくれたのはうれしいし、楽しく元気に本を紹介《しょうかい》してくれることを期待して……よし！」とOKサインを出してくれた。

やった！

『なん者《じゃ》ひなた丸《まる》』が、どれだけおもしろいか、いえばいい。読んだばっかりだから内容《ないよう》はおぼえているし、あやふやな敵《てき》や術《じゅつ》の名前は、今夜、確認《かくにん》すればいい。

大事なのは、修行《しゅぎょう》だ。

『なん者《じゃ》ひなた丸《まる》』には、この本ならではの術《じゅつ》もあれば、本当の忍者《にんじゃ》が使っていた術《じゅつ》もある。つまり『なるほど忍者大図鑑《にんじゃだいずかん》』にのっているのと、のっていないのがあるのだ。『なん者ひなた丸』ならではの術《じゅつ》の代表は〈ねことんの術《じゅつ》〉。そして、本当の忍者《にんじゃ》も使っていた術《じゅつ》のひとつが〈土《ど》とんの術《じゅつ》〉だ。

ひなた丸も、〈土《ど》とんの術《じゅつ》〉の修行《しゅぎょう》をする。地面に穴《あな》をほって中に入り、体に土をかぶせるのだが、どうしても片方《かたほう》の手だけが残ってしまう。そして、おじいさんに〈土《ど》とん手ぶくろ〉というのをもらうのだ。

碧人《あおと》たちがほった穴《あな》は術《じゅつ》には使えそうもなかったし、やはり一度は自分で穴《あな》ほりをしたい。そう思って、児童公園の奥《おく》をうろうろしていた。が、木のまわりの土はかたくて、うちのベランダにあった小さいシャベルじゃあ、ほろうとしても、コップていどの穴《あな》しかほれない。がっかりして立ちあがったら、目の前に枝《えだ》があった。なんの木だろう。まわりには、もう紅葉《こうよう》している木もあるが、この木は緑の葉っぱのままだった。

のぼりやすそうだ。しかも、すぐとなりの木の枝《えだ》がまた目の前にある。

そうだ。土《ど》とんの術《じゅつ》はあとにして、木から木へうつる修行《しゅぎょう》をしよう。雲《うん》ていでいつも訓練してるんだから、実際《じっさい》の木でも、いけるはずだ。

枝《えだ》に手をかけ、ぐいっと体をおしあげ、Y字に分かれているところに上がった。

そこから体を前のめりにすると、となりの枝《えだ》に手がとどいた。

先に右手をかけ、次に左手を……

「は」

よしっ、いけると思った。が、

「ああああ――――――っ」

手は、枝《えだ》をしっかりとにぎっている。はなしてはいない。なのに、おれの体は二メートルほど下の地面に落ちていた。おれの体重をささえきれず、枝が折れてしまったのだった。

とっさに〈にん者《じゃ》すわり〉になっていたのは、ほめてやりたい。なんて、これはたまたま。それがよかったとはとてもいえない。地面についた右の手首に、ズッキーンと衝撃《しょうげき》が走った。

うっ、いたたたた。

いたい。肩《かた》の方まで、いたみが広がっている。

うちにもどったら、ちょうど帰っていたおかあさんが、玄関《げんかん》で「ううう」とうずくまったおれにおどろいて、病院にかけこむことになった。

レントゲン写真をとったら、右手首の骨《ほね》に小さなひびが入っていた。骨《ほね》がちゃんとくっつくまで一か月くらいは、ギブスでかためて、三角巾《さんかくきん》でつっていなくてはならない。

なさけない姿《すがた》だ。その上、いたみ止めの薬を飲んだら、どっと眠《ねむ》くなって……。

気づいたら、朝だった。

あーあ。学校公開日。ビブリオバトルの日だ。

おかあさんには休んでもいいといわれたが、これしきのことで休むようでは、りっぱな忍者《にんじゃ》にはなれない。薬を飲んでいるからいたくはないし、鈴木《すずき》先生との約束もある。

「どうしたの？」

教室に入ると、みんなにとりかこまれた。

「はは。ちょっと修行《しゅぎょう》中の事故《じこ》で」

「いたそう。よし丸くん。だいじょうぶ？」

え……、葉月も心配してくれている。この前みんなにからかわれてから、おれのこと、さけていたのに。すると、

「くのっち！　ねえ、この……」

教室の前の方から、ごっちが葉月を呼《よ》んでいる。

「え、くのっち？」

「うん。ごっちが、ニックネームをつけてくれたの。忍者《にんじゃ》好きなら、『くのっち』だねって。ほら、女忍者《にんじゃ》のこと」

「くのいち！」

「女」という漢字を分解《ぶんかい》すると「く、ノ、一」なので、女忍者《にんじゃ》のことをそう呼《よ》ぶのだ。葉月はもう、ごっちと何か楽しそうに話している。

ごっち、おぬし、なかなかやるな。

魔法《まほう》の気持ち

——小川《おがわ》セイラの場合

赤羽《あかはね》じゅんこ

1

もしも魔法《まほう》が使えたら、海野珊瑚《うみのさんご》を子ブタに変えてしまいたい。いや、ガマガエルでもいい。とにかく、口がきけない生きものにしたい。

ひとりぼっちの帰り道、石ころをけとばしながら、わたしは何度も想像《そうぞう》した。

そして、今日も考えている。

だって、だって、ひどい。頭にくる。わたしに「キンコ」なんて、あだなをつけて、クラスではやらせたんだもの。

そりゃ、本を読みながら道を歩いて、壁《かべ》にぶつかったのはよくなかったわよ。それが二宮金次郎《にのみやきんじろう》みたいだからって、キンコはないでしょ？　男子にうけちゃって、大笑いされて、すごくはずかしかったんだから。

「やめて」っていっても、「かわいいじゃん」とかいってくる。どこが、かわいいのよ。二宮金次郎《にのみやきんじろう》って、着物姿《きものすがた》で、重そうな薪《まき》を背《せ》おいながら、本を読んでるのよ。百歩ゆずっても、千歩ゆずっても、かわいさなんて少しもないわ。

とにかく、珊瑚《さんご》と同じ六班《はん》になってから、ついてないことが続くの。珊瑚《さんご》は、班《はん》の人みんなにあだなをつけたのよ。

ほかのみんなはいいひびきのあだなよ。班長《はんちょう》の鳥越《とりごえ》さんは「トリムー」ってかわいい感じだし、珊瑚《さんご》自身は「ごっち」って元気で明るい感じだし。なのに、わたしだけ二宮金次郎《にのみやきんじろう》のキンコって、おばさんぽくってセンスないでしょ？

キンコって呼《よ》ばれるたび、うす黒いもやもやした気持ちがたまっていくの。それがどんどん重くなって、ついに爆発《ばくはつ》しちゃった。

きっかけは、ビブリオバトルっていう本を紹介《しょうかい》するゲームよ。先週、並木《なみき》図書館の司書のクルミンが来て、担任《たんにん》の鈴木《すずき》先生とやってみせてくれたやつ。それを、国語の時間、班《はん》ごとでやることになったの。

わたしは、チャンプ本をとるつもりでいたわ。だって、このクラスの女子で、一番多く本を読んでいるんだもの。六班《はん》の中で一番になるくらい、かんたんにできると思ったから。

班《はん》ごとのビブリオバトルは、鳥越《とりごえ》さんの司会ではじまったの。じゃんけんで順番を決めて、一番手になったのは珊瑚《さんご》。その紹介本《しょうかいぼん》を見たときは、うそーって思った。だって、ナルニア国物語の『朝びらき丸　東の海へ』だったから。わたしも大好きなファンタジーの古典。珊瑚《さんご》がこういうの、もってくるなんて、すごく意外。恋愛《れんあい》ものとか、読みそうだと思っていたから。

珊瑚《さんご》は紹介《しょうかい》もうまかったの。

——これは、おばあちゃんが生まれたころ書かれた話で、こんなに長く読みつがれているってことは、それだけおもしろいってことなんです。映画化《えいがか》もされました。

そんな感じで堂々としゃべるから、「へえー」って感心して、みんなが手をあげて、みごとチャンプ本よ。

わたしの紹介《しょうかい》した本、『エリザベス女王のお針子《はりこ》』には、一票も入らなかった。

一気読《いっきよ》みしちゃう、いい話なのに。

お針子《はりこ》の女の子、メアリーが主人公で、出だしは悲しいの。メアリーはお父さんが殺されるのをものかげから目撃《もくげき》してしまうのよ。犯人《はんにん》を知っているのに、話せば殺されるので、だれにもいえないの。

その犯人《はんにん》は、エリザベス女王を暗殺しようとくわだてていたの。それを知ったメアリーにも魔《ま》の手がのびるのよ。もう、はらはらして、最後はじーんとして、とてもいい本なの。

なのにね、班《はん》の男子たちは刺繍《ししゅう》を知らなくて、「詩集」とかんちがいしたのよ。だから、刺繍《ししゅう》っていうのは針《はり》に糸をとおして、とか、説明したらうまくいかなくて、あたふたしちゃったの。

チャンプ本をとった珊瑚《さんご》は、鼻の穴《あな》をふくらませて、得意そうだった。ピースサインをしまくって、鈴木《すずき》先生に注意されたほど。

「勝ち負けじゃないぞ。本に投票したので、発表した人にしたわけじゃないからな」

鈴木《すずき》先生は、たまたまその班《はん》でチャンプ本になったってことで、聞く人が変われば、チャンプ本も変わるんだっていってくれたの。

でも、わたしのくやしさは、ちっともなくならなかったの。珊瑚《さんご》は声が大きくて、はきはきしていて、おもしろいこともたくさんいえて、クラスの中心にいる人気者。男子も子分にしちゃうし、鈴木《すずき》先生とも友だちみたいに話ができる。

けど、けど、けど……。

読書だけは、本に関してだけは、わたしの方がくわしいって思っていたんだもの。

それで、いっちゃった。「そんなの、うそのチャンプ本よ」って。

みんな、びっくりしていたわ。わたしが、何かを主張《しゅちょう》したことって、なかったから。けど、一番、びっくりしたのはわたしよ。わたしの中に知らない自分がいて、その人が暴走《ぼうそう》しちゃったみたい。

あとはもう、どうなったかよくわからない。鈴木《すずき》先生が来て、学校公開日の授《じゅ》業《ぎょう》でビブリオバトルをやることになって、わたしは珊瑚《さんご》に勝負を申しいれたの。チャンプ本をとったら、わたしのいうことをひとつ聞いて、とまでいっちゃった。

「キンコ」ってあだなを取り消すと約束させたかったんだもの。

だけど、落ちついてきたら、なんであんなことをいっちゃったんだろうって、こわくなってきたの。たくさんの保護者《ほごしゃ》の前でビブリオバトルって、めちゃ、はずかしいし、むずかしい。うまくしゃべれる自信なんて、少しもない。

あのとき、わたし、どうかしていたんだ。あの瞬間《しゅんかん》、たちの悪い妖怪《ようかい》にとりつかれていたのかもしれない。なんとか取り消したいけど、現実《げんじつ》の世界では時間はまきもどせない。

あーあ。わたし、何をしてるんだろう。

2

十一月になって、クラス便りがくばられた。学校公開日にビブリオバトルをやることが書かれ、海野珊瑚《さんご》、大石碧人《あおと》、十文字吉樹《よしき》とならんで、小川セイラって、わたしの名前ものっていた。こそばゆいような、消してしまいたいような、おかしな気持ち。

ただね、おかあさんにクラス便りを見せたら、ものすごくよろこんだ。まるでライトをあびたみたいに、顔がぱーって明るくなったもの。

「セイラ、こういうのにチャレンジするって、とてもいいことよ。よかった。よかった」

「うん」

わたしは、軽めにうなずいた。だって、わかっているの。おかあさんは、お仕事でその日も来られないだろうってこと。いつもそうだから。

うちの両親は、お仕事が大好きで、旅行に行けないくらいいそがしいんだ。きっと、わたしが「キンコ」ってあだなのことも、今、どんな本を読んでるかも、クラスで少し浮《う》いた存在《そんざい》だっていうことも知らない。家にいても、パソコンとか、書類とか見ているくらいだもの。

わたしがよく話すのは、近所に住んでいるおばあちゃんの方。わたしの本好きもおばあちゃんの影響《えいきょう》なの。でも、やっぱりおばあちゃんはおばあちゃんだから、おかあさんと、もっと話したいなって思うこともあるよ。

でもね、たまにおかあさんとふたりになると、なんだか、何を話していいかわからなくなる。想像《そうぞう》ではあんなこともこんなことも聞いてほしいって思うんだけど、顔を合わせるといえないの。

こんなわたしって、やっぱ、変なのかな？

いけない。今はビブリオバトルについて考えないと。キンコって呼《よ》ばれないようにするためにも、がんばるんだった。ビブリオバトルの本番までは、本のことだけ、考えるようにしなきゃ。

木曜日、天気がよかったから、学校のとなりにある並木《なみき》図書館に行くことにした。大好きな司書のクルミンがいるのよ。わたしがひとりでいると、たまに話しかけてくれるやさしいお姉さん。おもしろい本も教えてくれるの。

児童書があるのは二階だから、階段《かいだん》を上がっていく。クルミンはカウンターの奥《おく》で働いていたよ。ほんとは少し話したかったけど、いそがしそうだからやめておいた。

児童書コーナーはだいたいふたつに分かれている。絵本や幼年《ようねん》童話のコーナーと、高学年やYAの読みものがあるコーナー。

わたしはまっすぐ読みものの方にいったの。ここで背表紙《せびょうし》をながめながら、どれを読もうかって考えるのが大好きよ。

とくに好きなジャンルは、ファンタジー。魔法《まほう》を使えたり、妖精《ようせい》が出てきたり、ドラゴンにのって空を飛べたりするもの。異世界《いせかい》や、ありえないことが書いてある作品を読むと、すごくわくわくして、その世界に入りこんでしまうの。主人公といっしょに冒険《ぼうけん》している気になって、心をおどらせたり、はらはらしたり、時には傷《きず》ついて、心をいためたりもする。

ただね、うちのクラスには、そういう本の楽しさについて、話せる人がいないの。教室で本を読んでいるといわれるんだ。

「うわっ、絵がないの？」

「こんな厚《あつ》い本、よく読めるよね」

「あたしなら、眠《ねむ》くなっちゃうわ」

「字が小さいのね」

こういうのきらい。変わり者っていわれているみたいな気がするから。自分がひとりぼっちで、つまらない子のように思えるもの。

おばあちゃんは、みんな深く考えないでいってるんだから、気にしない方がいいっていうけど、ほんとにそうかな？

ただ、担任《たんにん》の鈴木太郎《すずきたろう》先生は、わりに好きかな。二年までの担任《たんにん》だった体育大好きの佐野《さの》先生より、いい感じ。

ビブリオバトルで鈴木《すずき》先生が紹介《しょうかい》した絵本『よだかの星』も、わたしのいちおしなの。よだかって鳥はみにくい鳥でいじめられてしまうの。味方がいないのよ。ひとりぼっちのさびしさがきれいな文章で書かれていて胸《むね》がしめつけられるの。

クルミンは大好きだけど、あのときだけは、迷《まよ》わず『よだかの星』に手をあげた。けど、クラスの子は、ほとんどクルミンの『からすのパンやさん』にあげてたな。あとで、『よだかの星』って、悲しくて地味な本だっていってる子もいた。

あのときも、わたしとはちがうんだって、さびしい気持ちがしたっけ。

だめだめ。また、わたし、暗くなっちゃってる。

それより、本選びをしようと、わたしは、一冊《さつ》一冊《さつ》、本の背《せ》をなでていった。

『獣《けもの》の奏者《そうじゃ》』があった。これも、とってもとっても好きな本。だれにもなつかない王獣《おうじゅう》と、主人公のエリンという少女が心をかよわす物語。

ただ、有名すぎちゃうのが気になるな。アニメになったり、マンガになったりしている。クラスでも、アニメを見たって、話していた子が何人もいたから。

わたしは、みんながあまり知らないような本を紹介《しょうかい》するつもり。それだけは変えたくないの。

『シノダ！　チビ竜《りゅう》と魔法《まほう》の実』ではじまる『シノダ！』シリーズもあった。これも大好き。お父さんは人間なのに、お母さんがキツネ。だから、信田家《しのだけ》の三人の子どもたち、ユイ、タクミ、モエには、秘密《ひみつ》の特別な能力《のうりょく》があり、へんてこなさわぎが起きるのよ。

でも、十巻《かん》もあるシリーズってところが、こまっちゃうな。シリーズの中のどれを紹介《しょうかい》したらいいか、迷《まよ》って選べそうにない。

わたしは、ほかの本棚《ほんだな》もさがそうと、海外の作家の方へ移動《いどう》した。日本よりも海外の方が、ファンタジーというか、空想の物語は多いみたい。

『ダレン・シャン』や『デルトラ・クエスト』のシリーズもおもしろい作品。ただ、わたしは戦いや謎《なぞ》ときよりも、ロマンチックなストーリーの方が好きなんだ。

これ、これ、あった。

『12分の1の冒険《ぼうけん》』という本を棚《たな》からぬきだした。えんじ色の本だ。

夏休み、夢中《むちゅう》になって読んだっけなあ。

ページをめくってみる。たちまち、物語の世界が目の前に立ちあがってくる気がしたの。そうよ、体が12分の1の大きさにちぢまって、美術館《びじゅっかん》のミニチュアルームにしのびこむんだったわ。そのミニチュアルームは実際《じっさい》にあるもので、シカゴの美術館《びじゅっかん》にかざってあるんだって。

自分が12分の1になったらと、紙人形を作って、この大きさの自分が見た世界ってどんなんだろうって空想してみたっけ。

一瞬《いっしゅん》、この本にしたいなって思ったの。

けど、わたしはため息をついて、本棚《ほんだな》にもどした。

よく考えてみれば、クラスの男子には、きれいなお部屋の模型《もけい》の話なんてうけないもの。刺繍《ししゅう》も知らなかったくらいだから。

わたしは、くちびるをかんだ。

チャンプ本をめざすなら、クラスのみんなにうけるものにしなければいけない。

みんな、どんな本が好きなのかな？

考えだしたら、なんかわからなくなっちゃった。クラスのみんなのこと、わたし、あまり知らないんだもの。

こんなにたくさん本があるのに、一冊《さつ》が選べないって、なさけないよね。とにかく、とほうにくれてしまったの。

そのとき、図書館の入り口で、聞きなれた声がした。わたしは体をかたくして、耳をすました。

あの声は、鳥越《とりごえ》さんよ。六班《はん》の班長《はんちょう》で、珊瑚《さんご》の仲よし。本棚《ほんだな》のかげからそっと、身をのりだして見ると、やっぱり珊瑚《さんご》もいたの。

「ビブリオバトルが……」

そんなふうに話してる声も聞こえてきた。たぶん、紹介《しょうかい》する本をさがしにきたんだ。

珊瑚《さんご》は、クラスの子からは、センスがいいって信頼《しんらい》されている。わたしは、珊《さん》瑚《ご》がどんな本を借りているのか、すごく知りたくなり、本のタイトルを見ようと、少しだけ近づいたの。気づかれないように、そっとしたつもりよ。

でも、珊瑚《さんご》はちらってこっちを見たかと思ったら、あわてた様子でカウンターに行って、逃《に》げるように帰っていっちゃった。

何よ。こそこそしちゃって。

わたしは、カウンターにいるクルミンのところに行ったの。

「こんにちは。今、海野珊瑚《さんご》さん、いましたよね。なんの本、借りましたか？」

「あらあら、本人に聞けばいいのに」

クルミンは、ふふふって笑いながらいう。

「今、ビブリオバトルでライバルだから、聞けません。わたしたち、勝負するんだもの」

「まあ、勝負だなんて、すごいのね。でも、いずれにしても、教えられないわ。司書っていう職業《しょくぎょう》には守秘義務《しゅひぎむ》っていうのがあって、秘密《ひみつ》を守らないといけないから。本の好みもプライバシーだから、借りた本のタイトルをほかの人に教えたりはできないのよ」

ふーんと、視線《しせん》を落とした。そうかもしれないけど、少しぐらいおまけして教えてくれてもいいじゃないかって思ったんだもの。

「ビブリオバトル、勝ちたいの？」

クルミンがにっこりしていう。

「うん。だって、本が好きだから。本のいいところ、いっぱい知ってるはずだから。でも……」

「でも、どうしたの？」

「本を選ぶって、むずかしい。どういうのがクラスでうけるかとか思うと、迷《まよ》って選べなくなっちゃう」

「そうね。チャンプ本をとりたいって思うと、迷《まよ》っちゃうわよね。ふふふ。それも楽しいところなんだけどね。やはり、小川さんが好きな本を選ぶのが一番よ。好きな本じゃないと、うまく紹介《しょうかい》できないもの」

「うまく紹介《しょうかい》する、コツとかありますか？」

わたしはカウンターによりかかって聞く。

「コツね、コツ、コツ。何かあるかしら？　ストーリーや作者の経歴《けいれき》ばかりを説明するのは、おすすめしないわ。それより、それを読んで、どんな気持ちになったかってことを、話した方がいいかも。小川さんの気持ちを伝えることができるかどうかが、かぎかしら」

「気持ちを伝える」

わたしはクルミンの言葉をくりかえした。確認《かくにん》するように。

「そうよ。せっかくの機会じゃない。思いきって、話すといいわ。ビブリオバトル、応援《おうえん》に行くから、がんばってね」

クルミンは、手をのばして、わたしの手をぎゅっとにぎってくれた。おどろいた。そんなことされたこと、なかったから。

きっと、わたし、不安そうな顔をしていたんだろうな。

でも、うれしかった。クルミンの手の感触《かんしょく》をとっておきたくて、手を洗《あら》いたくないって思ったくらいに。

3

とうとう、ビブリオバトル三日前になった。

あれこれなやんだけど、なんとか自分が紹介《しょうかい》する本は決められたの。わたしが大好きで、クラスの男子も興味《きょうみ》を持ってくれそうな本。だれもいないうす暗い部屋に毎晩《まいばん》泣き声が聞こえる、なんて、ホラーみたいな場面もあるし、竜《りゅう》にのってレースをするなんて、ハラハラドキドキの場面もある。

インターネットで作者の情報《じょうほう》も調べて、話す練習もやった。五分間、話すって大変よ。だから、鏡を見ながら、ひとりでやってみたりもしたの。原稿《げんこう》を見ながらしゃべるのは棒読《ぼうよ》みになるからいけない。だけど、練習するのは問題ない。

そうして、つっかえない練習をして、やっとしゃべれるようになりほっとしたのに、学校でガーンとすることがあったの。

図工室に向かう廊下《ろうか》でのことよ。珊瑚《さんご》が友だち五人くらいと先を歩いていた。

あの子たち、声が大きいから、話が聞こえてきた。

「ごっち、土曜日のビブリオバトル、ごっちに入れるからね」

「だめだよ。気に入った本に入れるんだよ。最初から決めていたらズルじゃない」

「でも、やっぱりごっちに入れたい」

「だから、だめだったらさぁ。先生に聞かれたら、やばいよ」

後ろの方にいるわたしに気づかずに、そんな話をしていたの。だめといいながら、珊瑚《さんご》は、うれしそうだった。

そのとき、ハッとしたの。みんな仲よしの友だちに、いれるんだなって。そうなると、人気がないわたしなんて、だんぜん不利じゃない？

珊瑚《さんご》と仲よしの子の顔が次々と浮《う》かんできた。あの子もこの子も、あの男子もこの男子も。

もう、珊瑚《さんご》がチャンプ本とるって決まったようなものだ、と思ったわ。ほかの発表者、十文字くんは忍者《にんじゃ》オタクだけどそれだけだし、大石くんは無口でなに考えているかわかんない。人気ではだんぜん珊瑚《さんご》が上。

それなのに、必死に紹介本《しょうかいぼん》とか選んじゃって、わたし、バカみたい。ほんと、わたしってだめだな。こんなんだから、クラスで浮《う》いちゃっているんだな。

わたしは暗い気分になって、ビブリオバトルに出たくなくなっちゃった。

その日の放課後、おばあちゃんちに行った。おかあさんが会議で遅《おそ》い日だったから。こういう日は、おばあちゃんといっしょに夕ごはんを食べることになっている。

「あーあ。ビブリオバトル、やめたい！」

ぜったいに勝てない。珊瑚《さんご》のいうことを聞かなきゃならない、もう、仮病《けびょう》をつかいたいと、ぐちったの。

「あらら、どうしたの。せっかく本のことを話すんだから、もっと楽しんだら」

おばあちゃんは、こまったような顔をしながら、わたしの肩《かた》をもんでくれた。

「セイラは、考えすぎるところがあるからね。もっと、楽に、楽に。いつも読んだ本のことを話してくれるでしょ？　あれ、よくわかるし、おもしろいわよ」

「ほんと？」

おばあちゃんは、「そうよ」って背中《せなか》をたたいてくれた。

「ねっ、セイラも読書ノート、書いていたわよね。とってあるの。ちょっと見てみようか」

おばあちゃんは、引きだしから、わたしが一年から三年のころに書いた読書ノートを出してきてくれた。表紙にシールがいっぱい。

おばあちゃんが読んだ本の感想をノートに書いているから、まねしたものだ。

「やだ。字がへた」

一年のときは、ひらがなが多くて、読みにくかったの。

でも、めくっていくうちに、字も文もうまくなってきている。内容《ないよう》も、最初は読んだ本のタイトルだけを書いていたけど、そのうち、感想も書くようになっている。むずかしいとか、おもしろいとか、泣いちゃったとか。

空いてるスペースには絵も描《か》いてあった。主人公のイラストや、物語の地図など。

ふふふって、思わず笑ってしまった。

「わたし、むじゃきだったのね」

「本の世界で遊ぶのが、好きだったのよ。本さえあたえておけば、手がかからない子だったわよ」

そうだったな。本を読んで、魔法《まほう》が使えたらって思うだけで、いやなことがふっとんでいった。なわとびがへたなことも、さかあがりがうまくいかないことも、友だちみたいにアニメ映画《えいが》に行けないことも。

いつも、本が友だちで、本にすくわれてきた。

じっと自分のノートを見ていたら、おばあちゃんがうなずいた。

「自信もって、セイラ。こんなに本が好きな子は、そういないわよ」

「おばあちゃん……」

「さっき、海野珊瑚《さんご》さんは活発で紹介《しょうかい》がうまいっていったわよね。だけど、本の好きさからいえば、きっとセイラの方が上よ。ほら、セイラだって、『よだかの星』に手をあげたっていったじゃない。クルミンの方が好きだけどって」

「あっ」

わたしは、何度かまばたきしたの。そのとおりだったから。

「だいじょうぶよ。本を好きな気持ちを伝えられたら、みんなに、わかってもらえる」

「うーん。クルミンもそんなことをいってた。でも、気持ちを伝えるって、むずかしいな」

気持ちって形がなくて、あいまい。それを言葉に置きかえようとすると、どんどんわからなくなってしまう。なんだか、自分の思いが逃《に》げていくみたい。空気をつかもうとするような感じかな。

「そうねぇ。でも、気持ちって、たしかに心にあるものでしょ。だから、こう、かまえないで、言葉にすればいいのよ。すっと」

「すっといえる？　ほんと？」

「うまく話そうとか、ちゃんとやろうとか、力が入るとね、ほんとの気持ちって、つかめなくなるの。それよりも、すっというの。そのままのセイラでいいんだから」

わたしは、思わずおばあちゃんの顔を見つめたの。

そのままって、こんなわたしでもいいの？

変わり者のキンコでも？

そんなはずないって思った。おばあちゃんは、はげましてくれてるだけって。

でもでも、うれしかった。そのままがいいって、一番、うれしい言葉だもの。

なんだか、体じゅうがこそばゆくなるくらいに。

「ありがとう。もう一度、考えてみる」

不安はまだ消えていなかったし、迷《まよ》いもあったよ。

だけど、やさしいおばあちゃんを安心させたくて、わたしはせいいっぱい、大きくうなずいてみせた。

つづきは、ぼくら

——大《おお》石《いし》碧《あお》人《と》の場合

松《まつ》本《もと》聰《さと》美《み》

1

ザクッ……ザクッ……。

ぼくと宗太《そうた》は、庭のすみに穴をほっている。二週間前からだ。

コチン——シャベルの先に、かたいものがあたった。

「あっ、いつもの石だ！」

「よし、アオト。この石、ぜったい今日、取っちゃおう」

ワン——犬のムサシが、ぼくより早く返事した。

「おい、ムサシ。おまえ、ちょうしいいぞ」

宗太《そうた》が怒《おこ》った声を出す。でも、顔はにっこにこ。おでこの汗《あせ》をふきながら、ムサシの頭の土をはらってやっている。

ぼくらは毎日、庭をほる。けれど穴《あな》はまだ大きめのバケツぐらい。それは、このムサシのせいなんだ。昼間、ぼくらといっしょに前足で穴《あな》をほるのに、夜の間にこっそり、後ろ足で、ほった土をもとにもどしてしまう。だから、ちっとも先に進めない。

「宗太《そうた》、この石、なくなったらさ」

「ちょっと恐竜《きょうりゅう》に近づける！」

にっと笑いあって、ぼくらはシャベルをうごかす。

ザクッ……ザクッ……。

ぼくも宗太《そうた》も恐竜《きょうりゅう》が大好き。幼稚園生《ようちえんせい》のころ、先生や友だちに恐竜博士《きょうりゅうはかせ》と呼《よ》ばれていた。大きくて強い恐竜《きょうりゅう》は、ふたりのあこがれ。ながめていると自分たちまで強くなった気がする。

そんなぼくらを、パパが科学博物館に連れていってくれた。二週間前の日曜日だ。

この日は、実物《じつぶつ》の地層《ちそう》表面が積みかさなった標本《ひょうほん》を、じっくりと見た。二メートルぐらいの高さがある標本《ひょうほん》のまん中あたりを、パパが指さしていったんだ。

「ここは、ティラノサウルスやトリケラトプスが生きていた時代だよ」

「うわあ」――ぼくらはガラスに目を近づけて、その地層《ちそう》を見た。

（この地面の上を、ティラノサウルスやトリケラトプスが走っていたんだ……）

ぼくの耳に、恐竜《きょうりゅう》たちの走る音が聞こえてきた。ドッドッ　ドドドド。

ティラノサウルスは、ぼくが一番好きな恐竜《きょうりゅう》。全長十五メートルほどもある肉《にく》食恐竜《しょくきょうりゅう》で史上最強《しじょうさいきょう》といわれている。トリケラトプスは宗太《そうた》のお気に入り。三本の角《つの》と、えりかざりがかっこいい。

展示《てんじ》ケースの上では、地層《ちそう》を採《さい》くつしている映像《えいぞう》がながれていた。ぼくは、ふっと思いついた。

「地面をどんどんほっていくと、恐竜《きょうりゅう》たちの時代に行けるのかな……」

「行けるかも！」

宗太《そうた》が、すぐに答えた。

それで、ぼくらはうちの庭をほりはじめたんだ。今日も、せっせと穴《あな》をほる。

ザクッ……ザクッ……。

そんなぼくらを見て、おねえちゃんは「ばっかじゃないの」っていう。

おねえちゃんは中学一年生。勉強もスポーツもばつぐんによくできる。今はクラス委員長。だけど、ぼくはなんでも「ぎりぎりふつぅ」。だからだと思う。おねえちゃんは、いつもぼくにいばっている。ぼくはおねえちゃんの前に行くと、しゅるしゅるとしぼんでしまいそう。

(おねえちゃんて、ちょっと苦手)

心の中でそういったときだ。

「アホトーッ」

おねえちゃんの声がした。ぎょっとしてふりむくと、おねえちゃんが縁側《えんがわ》でおぼんを持って立っていた。

「アホト、宗太《そうた》くん、おやつだよー。シナモンドーナツ、あげたてだよー」

「やったあ！」

宗太《そうた》はシャベルをほうりだして、庭の水道に走った。宗太《そうた》のあとを追いかけながら、ぼくは首をかしげた。

(今、アホトって聞こえた……)

ぼくは、ときどき、おねえちゃんがそう呼《よ》んでいるような気がする。気のせいだろうか。

「いっただきまーす」

宗太《そうた》の大きな声が、古ぼけたぼくんちにひびく。この前、よし丸くんが、「おまえんち、忍者屋敷《にんじゃやしき》みたいでかっこいいな」っていってくれた。庭もあってよかった。穴《あな》がほれるもん。

二つ目のドーナツを口に入れかけたとき、おねえちゃんがいった。

「あんたたち、ビブリオバトルするんだって？」

「えっ。なんで知ってるの？」

「図書館のクルミンに聞いたのよ。並木《なみき》小四年二組に説明に行ったって」

おねえちゃんは、ビブリオバトルが大好き。いろんなところで参加して、チャンプ本をとっている。

「班《はん》でやるんでしょ」

ぼくも宗太《そうた》も口にドーナツが入っているから、コクコクとうなずいた。

「どの本でやるの？　決めた？」

ふたりそろって、首を横にふる。

「えーっ、それじゃあ、だめだよ。わたしはいつもかなり前に決めるよ」

おねえちゃんは、今度となり町の図書館でやるビブリオバトルに出るんだって。

「わたしの紹介本《しょうかいぼん》は『レ・ミゼラブル』。ビクトル・ユーゴーって、フランスの人が書いた本よ」

おねえちゃんは、ぼくらに、その本がどんなに感動するものかを話してくれた。

主人公のジャン・バルジャンは、妹の子どもが貧《まず》しくておなかをすかせているのを見かねて、パンをひとつ盗《ぬす》む。それがもとで十九年間も牢屋《ろうや》に入らなくてはならなくなった。

「ジャン・バルジャンは、ほんとうは心のやさしい人よ。でも、みんなからひどいあつかいをされて、どんどん心が冷たくなっていくの。その心にあたたかい思いをそそいだのが、教会のミリエル司教《しきょう》さま。やさしさは人の心を変える。そのことが、はっきりわかるお話なの」

おねえちゃんは、差別《さべつ》とか、愛とか、正義《せいぎ》とか、むずかしい言葉をいっぱい使って話した。ぼくらはぽかんと聞いていた。

ぺらぺらとしゃべっていたおねえちゃんが、急にぼくらに目を向けた。

「あんたたち、本が決まってないなら、わたしが選んであげようか」

ぼくはぶるぶると首を横にふった。けれど、宗太《そうた》はいったんだ。

「うん、選んで。どんなのがいいかわからないもん」

そのとき、

「そういうのは、自分で選んだ方が楽しいよ」

麦茶を持って、おばあちゃんがやってきた。

おばあちゃんはクルミンと同じことをいう。クルミンは、ぼくらを見まわしていったんだ。

「紹介本《しょうかいぼん》は自分で選ぶこと。心から好きな本を、ほかの人にも読んでほしい。そんな気持ちで選ぶのよ」

ぼくは、ドーナツを食べ食べ考えた。

心から読んでほしい本っていったら……うん、『せいめいのれきし』だ。地球が生まれてから今までのことが書いてある。この本は、幕《まく》が開く前の劇場《げきじょう》に、観客がすわっているところからはじまる。その観客に向かって、地球がどのように変わっていったか、お芝居《しばい》のように説明してくれるんだ。ページをめくるたびに、時代が変わって、地球が姿《すがた》を変えていく。何回見ても、わくわくする。

（でも……）

ぼくは、人の前で話すのが苦手。宗太《そうた》や友だちとしゃべるのは平気だけれど、たくさんの人の前だとあがってしまう。この前の学習発表会のときも、足がカタカタして、くちびるまでふるえてしまった。

（ビブリオバトル、どうしよう）

ぼくは、三つ目のドーナツに手が出せなかった。

2

とうとう、班《はん》ごとのビブリオバトルの日になった。朝からゆううつ。

ぼくは、『せいめいのれきし』を手に持って家を出た。

——しゃべるのは三分間だもん、すぐに終わるよ。

——本の説明をすればいいだけだから。

歩きながら、自分をはげました。

「アオトーッ」

ふりむくと、宗太《そうた》が重そうな手さげ袋《ぶくろ》をゆらして、よろよろと走ってくる。

「オレさ、決められなくて、二冊《さつ》持ってきちゃったよ」

宗太《そうた》の手さげ袋《ぶくろ》の中をのぞくと、『おもしろ恐竜図鑑《きょうりゅうずかん》』と『ヒサクニヒコの恐《きょう》竜図鑑《りゅうずかん》』が入っていた。どちらも、小さいころからふたりでよく読んだ本だ。

「ほら、『おもしろ恐竜図鑑《きょうりゅうずかん》』って、最後に『恐竜《きょうりゅう》ってどんな動物?』ってとこがあるだろ。恐竜絶滅《きょうりゅうぜつめつ》のいろんな説がマンガで描《か》いてあって、あそこ、わかりやすいと思うんだ。あと、日本にも、いろんな恐竜《きょうりゅう》が住んでいたってところも、きっとおどろくよね」

宗太《そうた》は、ビブリオバトルが楽しみみたい。

次に、手さげ袋《ぶくろ》から『ヒサクニヒコの恐竜図鑑《きょうりゅうずかん》』を取りだした。

「こっちは、一匹一匹《いっぴきいっぴき》の恐竜《きょうりゅう》が生きているみたいに描《か》いてあるだろ。化石の写真もいっぱいだしね」

骨《ほね》の写真を見ると、それぞれの恐竜《きょうりゅう》のことがよくわかる。

「どっちもいいよなあ」

宗太《そうた》は、うーん、うーん、となっている。

でも教室が見えてくると、宗太《そうた》は心配そうにいった。

「オレの本にだれも手をあげてくれなかったら、どうしよう。悲しいなあ。アオトと同じ班《はん》だったらよかったね。そしたら、おたがいに手をあげられたね」

ぼくは宗太《そうた》の声を聞きながら、熱が出て保健室《ほけんしつ》に行ければいいなあ、と思っていた。


帰り道、宗太《そうた》はうきうきしている。

「ひとり、手をあげてくれたんだ。女子だよ。女子」

紹介本《しょうかいぼん》は、『ヒサクニヒコの恐竜図鑑《きょうりゅうずかん》』にしたんだって。

「恐竜《きょうりゅう》にはみんな得意技《とくいわざ》があります」って話をして、ティラノサウルスの頭の骨《ほね》の写真を見せたんだって。

「歯が上と下で約六十本。こんなするどい歯で、骨《ほね》までかみくだいたんです」

そういうと、女の子たちはこわそうにまゆをよせて、でもしっかり写真を見たんだって。

ティラノサウルスの歯の先は、ステーキナイフみたいにギザギザになっている。この本には、それがはっきりわかる写真がのっているんだ。

ディノニクスのかぎ爪《づめ》の写真を見せたら、席から立って見にくる子もいたそうだ。

ディノニクスは、全長三メートルぐらいと小さいのに、後ろ足の第二指、人さし指の爪《つめ》はびっくりするぐらい大きくて、まるで鎌《かま》のようなんだ。

「終わったあと、何人も本を見にきたよ」

宗太《そうた》は、うふふと笑う。そして、ぼくに聞いた。

「アオトは、どうだった？」

「……だれも、手をあげなかった……」

大好きな本だから、三分くらい話せると思っていた。でも、とちゅうで、顔がカーッとあつくなって、自分が何をいっているのかわからなくなった。ページをめくりながら、「こんなのです」「地球は、こんなふうに変わります」って、ぼそぼそいうだけになってしまった。

女の子ふたりが、「アオトくん、発表になると声が小さいよね」「何いってるか、わかんない」って、こそこそいっていた。質問《しつもん》もなかった……。

ぽつぽつと、雨がふってきた。

「アオト、今日の穴《あな》ほり、中止だね」

ぼくは、小さくうなずいた。

3

次の日、担任《たんにん》の鈴木《すずき》先生がいった。

「学校公開日に、ビブリオバトルをもう一回やるぞ」

今度は、希望者が前に出てするんだって。三人がすぐに決まった。

「……あと、だれかいないか」

先生が教室を見まわしている。

そのとき、ぷーんと、ぼくの頭の方に何かが飛んできた。

(あっ、てんとう虫だ)

この指に止まれ！——手を上にのばしたら、先生の声がした。

「おおっ、アオト、出るか！」

みんながびっくりした顔で、こっちを見ている。

ううん——て、いいたかったけれど、ぼくは体がかたくなって、声も出なかった。てんとう虫は、服や手に止まると幸せがやってくる。おばあちゃんが教えてくれたんだ。だから手をのばしただけなのに……。

帰り道、宗太《そうた》はぼくの話を聞いて、気のどくそうにいった。

「そうかあ。原因《げんいん》はてんとう虫かあ。こまったね。アオトのつらい気持ちわかるよ」

でも、そのあと、

「てんとう虫、ちょっと止まったんだろ。じゃあ、よかったじゃない。きっといいことがあるよ。ビブリオバトル、がんばりなよ。なっ」

ぼくの肩《かた》を、ポンとたたいた。

ぼくは、きのうの発表を思いだして、目の前がくらくらしてきた。

「どうしよう……」

思わず声が出た。

「つらいときはさ、穴《あな》をほるのが一番。帰ったら穴《あな》ほりしよう」

宗太《そうた》は、このままぼくんちにより道するんだって。

家に帰って、穴《あな》を見たら、ムサシは土をもどしていなかった。

「えらいぞ。ムサシ」

ぼくらは、ムサシの体じゅうをなでてやった。何度もいいきかせたから、わかったんだ。

「よし、アオト。今日こそ、この石、ほり出そう」

「うん」

ぼくは、ちょっと元気な声が出た。

ぼくらは、石のまわりにシャベルをさしこんでいく。ザクッ……ザクッ……。

しばらくして、グギッと石が動いた。

「おっ、いい感じ」

宗太《そうた》がシャベルに力を入れる。

ググ、ググググ……ゴロリ――石が出てきた。小玉スイカを小さくしたぐらいの大きさだ。

「うわあ。やった、やった」

ふたりと一匹《ぴき》で、ぴょんぴょんはねた。

「早く、外に出そう」

「うん！」

ぼくが腹《はら》ばいになって、石に手をまわす。そのぼくのおなかを宗太《そうた》がかかえて、ぐいぐい引っぱりあげる。

ワンワンワン——ムサシも応援《おうえん》してくれて、ぼくらは石を取りだすことができた。

「アオト、音、聞こう」

「うんっ！」

ぼくは縁側《えんがわ》に走って、下に置いてあるポールを持ってきた。おばあちゃんから、両はしのこわれたつっぱり棒《ぼう》をもらったんだ。一メートルぐらいの長さのポールは、中が空洞《くうどう》。ぼくらはこのポールを、ほった地面につきさして、もう片方《かたほう》に耳をあてる。地面の中の音を聞くんだ。まず、ぼくがポールの先に耳をあてた。

「聞こえる？　アオト、どう？　今までとちがうか？」

ゴーッ、と音がする。ジジジーッ、というのも聞こえてくる。これまでと変わらないようにも思うけど……

「ちがう！」

ぼくは、はっきりといった。

「かわって！　早くかわって」

ぼくは、ポールを宗太《そうた》にわたした。宗太《そうた》は「おおっ！」と声をあげたきり、目をとじて地面の中の音を聞いている。

しばらくしてポールをはずすと、宗太《そうた》は鼻の穴《あな》をふくらませていった。

「いいね。地面の奥《おく》の音っていいね」

「うん。いいよね」

気がついたら、ぼくの胸《むね》が、すうっと軽くなっていた。

4

今日は日曜日。でも雨。穴《あな》ほりはお休みだ。

「おじゃましまーす」

昼すぎ、玄関《げんかん》に宗太《そうた》の声がした。トントンと階段《かいだん》を上がる音がして、部屋のふすまががらりと開いた。

「いいもの持ってきたよ」

宗太《そうた》は、筒状《つつじょう》に丸めた紙をかかえていた。開くと大きなポスターだった。

「近くの酒屋さんがいらないっていうから、もらったんだ。ほら、アオトがいってていたアレを作るのにいいと思ってさ」

「あっ、アレね！」

「10枚《まい》あるから、作れるよね」

ぼくらは、『せいめいのれきし』の中に出てくるリボンのような歴史の巻物《まきもの》を、自分たちで作ることにしたんだ。地球が生まれたのは約46億年前だというけれど、それがどれぐらい遠い昔のことで、恐竜《きょうりゅう》の時代や、ぼくたちの時代に、どうつながっているのかピンとこなかったからだ。

「ポスターの長さは103センチだね。3センチをのりしろにして、100センチ、1メートルを1億年にしよう」

「いいね。アオト、天才!」

ぼくのこと、天才っていってくれるのは宗太《そうた》だけだ。

「ポスターをたてに5つ切るよ。そうしたら5×10で50億年分ができるんだ。地球の歴史は46億年だから、4枚《まい》あまるね」

「りょうかーい」

ぼくらはさっそく、ポスターを切りはじめた。切りおわったら、一枚《まい》一枚《まい》、3センチ重ねてのりではる。

ぼくの部屋に、長いながい紙が、ぐるぐると広がった。ぼくは左はしに赤いマジックでたてに線を引いた。線の横に〈地球誕生《たんじょう》〉と書いた。そして、46枚目《まいめ》の最後に緑の線を入れて、〈ぼくらの時代〉と書く。

「ええと、恐竜《きょうりゅう》の時代のはじまりは……たしか、今から2億3千万年ぐらい前だから……ここは茶色で線を引こう」

そういいながら紙を広げた宗太《そうた》が、声をあげた。

「ひえぇ、恐竜《きょうりゅう》って、めちゃくちゃオレらに近いじゃん。後ろから3枚目《まい》だよ」

恐竜《きょうりゅう》の時代は1億7千万年続いて、今から6千6百万年前に終わったといわれている。その間を茶色でぬりつぶした。46メートルもある地球の歴史の巻物《まきもの》で、ぼくらと恐竜《きょうりゅう》は66センチしかはなれていないことがわかった。

「うれしいね」

「恐竜《きょうりゅう》とこんなに近くで、うれしいな」

ぼくらは、ティラノサウルスとトリケラトプスになってよろこんだ。

「ウゴゴゴゴ」

「ウガガガガ」

巻物《まきもの》作りはここまでにして、恐竜《きょうりゅう》になったまま、片《かた》づける。

ティラノサウルスは肉食恐竜《にくしょくきょうりゅう》で、トリケラトプスは草食恐竜《そうしょくきょうりゅう》。いろんな恐《きょう》竜《りゅう》の本に二頭が戦っている絵が描《か》いてある。でも、ぼくらは仲よし恐竜《きょうりゅう》ということにしている。

「ウガガガガ、なんだか寒いなあ」

宗太《そうた》トリケラトプスがいった。そういえば、雨のせいか、ぼくの部屋はひどく寒い。マンションに住んでいる宗太《そうた》は、古いぼくんちへ来ると、よく「寒い寒い」という。ぼくはティラノサウルスになって、宗太《そうた》にぼくのジャージをかけてあげた。

「ウゴゴゴゴ、これで寒くないかい？　トリケラちゃん、かぜひくなよ」

「ティラちゃん、隕石《いんせき》が落ちたんだ。ううん、火山の爆発《ばくはつ》かもしれない。太陽がかくれて、地球がどんどん寒くなる、食べ物の葉っぱが枯《か》れていく」

「洞窟《どうくつ》に入ろう」

ぼくらは、勉強机《べんきょうづくえ》の下にもぐりこんだ。

「ああ、ぼくはもうだめ。寒くて寒くて、おなかもすいて……。ティラちゃん、ぼくはもっともっとティラちゃんと遊びたかった……」

宗太《そうた》がガクッと首を落とした。

「トリケラちゃーん」

ぼくは、宗太《そうた》の背中《せなか》をだいて、「ウゴゴゴゴ」と泣いた。きっと昔、恐竜《きょうりゅう》たちはこんなふうに思って、死んでいったのだ。ぼくは、かわいそうで本当に涙《なみだ》が出そうだった。

そうしたら、宗太《そうた》がいったんだ。

「あっ、だれか泣いてる」

「えっ」

ぼくは耳をすました。泣き声は下の部屋から聞こえてくる。

「だれが泣いてるんだろう」

ぼくらは、そろそろと階段《かいだん》をおりていった。

「あんな子に、チャンプ本をとられるなんて、信じられない」

ふすまのかげから中をのぞいた。茶の間にすわって、おねえちゃんが鼻をすすりあげている。

「おねえちゃんの『レ・ミゼラブル』は有名で、もうみんな知ってたからだよ」

おばあちゃんがなぐさめている。

「その子の紹介本《しょうかいぼん》は『あしながおじさん』よ。それだって読んでる人がいっぱいいたはずよ。名作だもん。その子はね、あのすてきな本を、こんなふうに紹介《しょうかい》したの」

泣いていたおねえちゃんが、すっと立って、きゅっと肩《かた》をあげた。目をパチパチしていう。

「孤児院《こじいん》育ちの主人公ジュディは、会ったことのないおじさまに、大学に行かせてもらえることになったの。そのお礼に毎月、手紙を書くのよ。その手紙が、もう、どれもすてき。で、あしながおじさんって、だれだったと思う？　キャッ、いいたいけどいえませーん。それは、読んでのお楽しみ。手紙を書くのがじょうずになりたい人に、お、す、す、め――だって」

おねえちゃんは、あきれたというように、ふう、とため息をついた。それからすわって、座卓《ざたく》をトンとたたいた。

「ねえ、おばあちゃん、ふざけてると思わない？　この本の本当のよさを理解《りかい》してないのよ。主人公は、毎日の暮《く》らしの中でいろんなことを感じて、一生懸命《いっしょうけんめい》考えるの。そして、自分なりの答えを見つけるの。その答えが、ユニークで楽しくて、とびきりすてきなの」

おばあちゃんは、お茶をひと口飲んでからいった。

「おねえちゃんは、その子の本に対する姿勢《しせい》が気にくわないんだね。でも、人それぞれ。おねえちゃんは、自分が『いい』と思うやり方で、また戦えばいいんだよ。タイムはかるのとか、次も手伝うからね」

「リベンジかあ」

そういって、首を回したおねえちゃんとぼくの目が合った。

「あっ、アホトだ……」

やっぱりアホトっていった。まちがいなくいった、と思ったとき、おねえちゃんが、チーンと鼻をかんだ。えっ、鼻がつまってたからなの？

「クルミンに聞いたわよ。学校公開日のビブリオバトルに出るんだって」

ぼくはうなずきながら、宗太《そうた》と茶の間に入っていった。

「あらまあ、そうなの。パパかママの仕事の都合がついたら、行ってもらおうね」

ぼくは首を横にふった。だれにも来てほしくない。なのに宗太《そうた》がいったんだ。

「発表者は、クラスで四人なんだ」

「ええっ、四人だけの中にアオトが入ってるの？　うそでしょ」

ぼくは、おねえちゃんにうなずく元気もなくて、だまっていた。

おばあちゃんは、ぼくと宗太《そうた》に熱いお茶をいれてくれた。座卓《ざたく》の上には、かごに入ったおせんべいが置いてある。宗太《そうた》はもうパリパリとおせんべいを食べはじめた。ぼくは、せっかく忘《わす》れていた学校公開日のビブリオバトルのことを思いだしてしまった。

すると、おねえちゃんが、まるでぼくの心の中がわかるみたいにいったんだ。

「アオト、心配なんでしょ。まだなんにも考えてないんでしょ」

「本は決まってるよ。『せいめいのれきし』」

ぼくは、ぼそぼそと答えた。

「アオトには、あの本しかないもんね」

おねえちゃんがバカにしたようにいう。けれど、ぼくはうなずくしかない。

「そうだ。わたしが、ビブリオバトルの勝ち方を教えてあげる。アオトにチャンプ本をとらせること、それがまずわたしのリベンジよ」

おねえちゃんは、さっき泣いていたと思えないほど元気になった。

「いい？　どんな本を選んでもね、まず自分が何を伝えたいか、ちゃんとメモに書くの」

おねえちゃんはそばのメモ用紙を何枚《なんまい》かとって、座卓《ざたく》の上にならべた。

「この一枚《まい》一枚《まい》に、ひとつずついいたいことを書くのよ。これをどう組みあわせるか、どういう順番で話すと効果的《こうかてき》か、作戦をねるの」

（作戦なんて、無理だよ。みんなの前でしゃべるのだってできないのに……）

ぼくは、ずっとうつむいていた。

その日から、おねえちゃんは何度も「ちゃんとやってる？」って聞いてきた。

ぼくは、「う、うん」と返事した。でも、ほんとうは何も準備《じゅんび》していない。ただ、どうしてぼくが『せいめいのれきし』をこんなに好きなんだろうと、考えているだけ。ずっと、考えている。

とうとう学校公開日になった。パパもママも仕事で来られないんだって。

朝ごはんのとき、おばあちゃんが、申しわけなさそうにいった。

「病院に行く日でね。わたしも見に行けないんだよ」

ぼくはほっとして、ハムエッグを食べた。

おねえちゃんはまだ寝《ね》ている。中学校は、今日、お休みなんだ。

「行ってきます」

玄関《げんかん》を出て、ぽつぽつと歩きだした。本を入れた手さげ袋《ぶくろ》が、ずっしり重い。

（どうしよう。いやだなあ……）

しばらく行くと、

「アオトーッ」

後ろから声がした。ふりむくと、おねえちゃんが、すごいいきおいでかけてくる。ぼくの前で止まると、ハアハアいいながらいった。

「教室にいる人は、みんなかぼちゃだと思えばいい」

「えっ、かぼちゃ？」

「あっ、あんたの場合は恐竜《きょうりゅう》だ。そう、恐竜《きょうりゅう》！」

おねえちゃんは、ぼくのおでこに人さし指をつきたてて、

「いい？　前にいる人は恐竜《きょうりゅう》！　わかったねっ」

そういうと、くるりとうしろを向いて歩きだした。でも、すぐにふりむいて、

「アオトは恐竜《きょうりゅう》が好きでしょ。恐竜《きょうりゅう》もきっとアオトのことが好き。アオトが何をいうか、みんな待ってる」

まっすぐ、ぼくの目を見ていう。

「それから、わたしのためにチャンプ本をとらなきゃなんて思わなくていいから。わたしのリベンジはわたしがすること。そう気がついたの。ほら、アオト。背中《せなか》、しゃんとのばして！」

おねえちゃんは、自分の背中《せなか》をしゃんとのばして、ダッダッダ、と家へ帰っていった。

三時間目のチャイムがなった。
教室の中は保護者《ほごしゃ》でいっぱい。ぼくの胸《むね》が、ドドド　ドドドド、と音を立てている。

第二部　ついに、ビブリオバトルがはじまる

十一月十八日土曜日。空は、雲ひとつなく、青くすみわたっている。

並木《なみき》小学校四年二組の教室は、いつもとちがった。

教卓《きょうたく》の上にはパソコンが置かれ、黒板の前におろされたスクリーンにはタイマーが大きく映《うつ》しだされている。教室の後ろはぎっしりと保護者《ほごしゃ》でうまり、たがいにおしゃべりをしたり、子どもたちと合図をかわしたりしている。

この日は学校公開日。四年二組の三時間目で、ビブリオバトルがおこなわれるのだ。


チャイムの音と同時に、鈴木《すずき》先生とクルミンが教室に入ってきた。

鈴木《すずき》先生が、保護者《ほごしゃ》へあいさつをしてから、ビブリオバトルの由来《ゆらい》やルールについて、説明をはじめる。

「では、発表順をじゃんけんで決めたいと思います。今日発表したい、と手をあげてくれた四人です」鈴木《すずき》先生はひとりずつ顔を見ながら、前の方に呼《よ》ぶ。

「海野珊瑚《うみのさんご》さん」

「はい」珊瑚《さんご》がきれいな発音で返事をし、すっくと立ちあがる。

「大石碧人《おおいしあおと》くん」

「はい」碧人《あおと》が胸《むね》に手をあてながら、ゆっくりと前に向かう。

「小川《おがわ》セイラさん」

「は、はい」セイラが少しふるえた声で返事をする。

「十文字吉樹《じゅうもんじよしき》くん」

「はっ」吉樹《よしき》がスススッと小走りで前に出てくる。右手を三角巾《さんかくきん》でつっている姿《すがた》に教室がざわつく。


「いいか、勝った順な」

鈴木《すずき》先生の声に、四人がぐっと身がまえる。

「では、せーの、ジャン、ケン、ポン！」

1番目　海野《うみの》珊瑚《さんご》

珊瑚《さんご》は教卓《きょうたく》の前に立ち、教室を見まわした。

「今日、ご紹介《しょうかい》したいのは『21世紀こども百科　しごと館』という本です」

右のスクリーンに大きく映《うつ》しだされたタイマーが走りはじめた。どんどん秒数がへっていく。先生は、黒板に向かって、珊瑚《さんご》の紹介本《しょうかいぼん》のタイトルを書いている。

後ろでチョークの音がした。

トップバッターはやっぱり、緊張《きんちょう》するな。

クラスのみんなは、先生とクルミンがやったのを見ているし、班《はん》ごとで自分たちもやっている。でも、保護者《ほごしゃ》はビブリオバトルを見るのが初めての人が多いらしく、スクリーンや珊瑚《さんご》の方を指さして二人、三人でささやき合ったりしている。どうやってやるの、あれはなんなの、などと聞いているようだ。

気にしちゃだめ、と思いながら、珊瑚《さんご》は声をはりあげた。

この本が、あいうえお順の事典の形であること、いろいろな職業《しょくぎょう》のことが、写真やイラストをまじえながら説明されていることをしゃべった。

だけど、頭で考えていたことを、全部しゃべり終えたと思ったとき、珊瑚《さんご》は、スクリーンのタイマーを見てびっくりした。

うそ。

あと三分も残《のこ》ってる。

どうしよう。

頭がまっ白だ。

この前、班《はん》でのビブリオバトルは、発表時間は三分だった。だけど、今回は五分だ。

それは知っていた。

だからちょっと、しゃべることを多めにしたつもりだったのに。

でも、実際《じっさい》にストップウォッチを持って、話してみることはしなかった。前回はやったけれど。それは、前回は原稿《げんこう》を作っていたからだ。原稿《げんこう》なしでやるにしても、いっぺん時間をはかってみた方がよかったかもしれない。

でも、この本にすると決めたのが、きのうだったから、そんなことは思いつかなかったのだ。

珊瑚《さんご》がだまったので、みんなの目が、珊瑚《さんご》に集中した。保護者《ほごしゃ》もだ。

もう終わりなの?という顔だ。

何かいわなくちゃ。

「たとえば、『あ』のところには、アナウンサーという項目《こうもく》がありますが」

珊瑚《さんご》はそういって、ページを開いてみんなの方に見せた。

「こういうふうに、写真で、仕事中や準備《じゅんび》の様子がわかるようになっています」

そういったが、あまり感心された様子はない。

珊瑚《さんご》はさらに「テレビ番組を作る人たち」のページを開いた。

「あと、こんなふうに特集があって、テレビ番組を作るには三十人ほどの人が協力して仕事をしていることがわかります」

今度も反応《はんのう》はなかった。

前に班《はん》でやったときは、もっとみんな興味《きょうみ》を持って聞いてくれたのに。

ひょっとして、それは珊瑚《さんご》が自分のことをいっぱい話したからかもしれない。

このままじゃ、社会科の発表みたいで、どうして珊瑚《さんご》がこの本にひかれたかがわからないのだろう。

何か自分のことといわなきゃ。

「あ、あの……あたしがこの本でいいなと思ったのはこの特集なんです」

珊瑚《さんご》は口からでまかせみたいにしゃべりはじめていた。もう発音もアクセントもめちゃくちゃだ。だいいち、あたし、なんていっちゃった。だめだこれじゃ。

「あ、あたしはアナウンサーになりたいと思っているんですが、でも、アナウンサーは美人じゃなかったらなれないし、あたしは美人じゃないし……」

ああ、いってしまった。いわないつもりだったのに。

おかあさんからいうなといわれたのに。

さらに頭がまっ白になった。

もう言葉が見つからない。珊瑚《さんご》は下を向いた。涙《なみだ》が出そうだ。

そのときだ。教室の後ろのすみから、声がした。

「珊瑚《さんご》、がんばれ！」

おかあさんの声だ。

うふふ、とみんなが笑うのが聞こえた。

ああ、おかあさん、またはずかしいよ、と珊瑚《さんご》は思った。

だけど、なんだかうれしかった。

珊瑚《さんご》は顔を上げた。

「あたしは美人じゃないです。でも、アナウンサーになりたいと思ってます。だけど、この本を見てわかったんです。テレビ番組を作るにはいろんな仕事があるんだなって。それだけでも読んでとってもよかったと思っています」

ちょうど、チンと、パソコンからタイマーの音がした。

「はい、では、海野さんの発表に質問《しつもん》ありますか？」

手があがった。図書係の日高くんが、その本にはいくつ職業《しょくぎょう》が書いてありますか、なんて細かいことを聞いたけれど、わかりませんとだけ答えた。

ページ数から計算したらわかったかもしれないが、頭がまっ白だったから、考えられなかったのだ。

あーあ、キンコに負けちゃうだろうな。

キンコは何を要求してくるだろう。すっごくはずかしいことだったりして。はずかしいことって……たとえば、一組の田中くんの前に行って、好きですって、告白しておいでっていわれたら……ああ、ああ、どうしたらいい？

２番目　十文字吉樹《じゅうもんじよしき》

「二番目の発表は、忍者名《にんじゃめい》よし丸こと、十文字吉樹《よしき》くんです」

鈴木《すずき》先生に紹介《しょうかい》されると、「出ました、忍者《にんじゃ》」というクラスメートのからかう声が飛んできた。が、吉樹《よしき》はへっちゃらだ。吉樹《よしき》と先生は、紹介《しょうかい》のとき、この忍《にん》者名《じゃめい》を呼《よ》ぶという約束をしていたのだ。

吉樹《よしき》は、「はっ」と立ちあがると、じゃんけんのときと同じように、忍者《にんじゃ》っぽく、小走りで前に出た。保護者《ほごしゃ》の中からくすくすと笑いがもれたが、気にせず、発表をはじめる。

右手は三角巾《さんかくきん》でつっていて使えないため、左手で『なん者《じゃ》ひなた丸《まる》　ねことんの術《じゅつ》の巻《まき》』を顔の前にかかげ、

「この本、すっごくおもしろいです！　ほんっとにおもしろいです」と、「おも

しろい」を連呼《れんこ》した。結局きのうは、ビブリオバトルの準備《じゅんび》を何もできなかったからだ。

「ええーっと……」

こまった。言葉が出てこない。吉《よし》樹《き》は、あせった。

教室の後ろ側は、保護者《ほごしゃ》たちでぎっしりとうまっている。こんなに注目されるなんて、吉樹《よしき》にとって初めてのことだ。忍者《にんじゃ》は忍《しの》びの仕事だから、目立つことは得意じゃないんだ。とにかく落ちつかなきゃと、自分にいいきかせた。そうだ。

「ええーと〜、ぼ〜く〜は〜、にん〜じゃに〜なりたい〜と……」

吉樹《よしき》はひとつひとつ、言葉をのばしながらしゃべりだした。これは、『なん者《じゃ》ひなた丸《まる》』の中に出てくる〈あわてしずめの術《じゅつ》〉だ。敵《てき》に出会ってあわててしまったとき、ゆっくりしゃべることで、気持ちを落ちつかせる術《じゅつ》で、『なるほど忍者《にんじゃ》大図鑑《だいずかん》』には出てこない。物語の中での忍術《にんじゅつ》だ。

が、おかあさんが「何やってんの？」というような顔をしているのを見て、失敗をさとった。

続きが出ずに、立ちつくしたままでいたときだった。

葉月と目が合った。

え？　なんか口を動かしている。

……が・ん…？

〈がんばれ〉だ。これは〈無音《むおん》にん者《じゃ》しゃべり〉。さすが「くノ一」だ。

と思ったことで、ようやく吉樹《よしき》の緊張《きんちょう》がとけた。よし。

「さっき、海野さんが仕事の本を紹介《しょうかい》しましたが、あれには、たぶん忍者《にんじゃ》はのってないと思います」

珊瑚《さんご》の発表を聞きながら、思っていたことだった。

「でも、忍者《にんじゃ》はちゃんとした仕事です。昔、日本の中で国と国が戦っていた時代に、今でいうスパイのようなことをしたり、敵《てき》の館《やかた》にしのびこんで、暗殺するということもしていました」

ここで、吉樹《よしき》は、ひなた丸《まる》がいつも持っている〈にん者《じゃ》あみぶくろ〉のかわりに腰《こし》にまいてきた巾着《きんちゃく》から折り紙手裏剣《しゅりけん》を出して、かっこよく投げるまねをする……予定だった。が、片手《かたて》なので、もそもそとぎこちない。本をわきの下にはさみ、やっと、「えいっ」とやったが、だれもたおれるまねなどしてはくれず、教室の中は、シーンと静まりかえっている。保護者《ほごしゃ》たちは、笑いをこらえているみたいだ。うつむいて肩《かた》をふるわせている保護者《ほごしゃ》もいる。

そのあと、〈なん者〉というのは、忍者《にんじゃ》の修行《しゅぎょう》中の者のこと。ひなた丸《まる》の父は〈にん者〉で、おじいさんの雲隠三蔵老人《くもがくれさんぞうろうじん》は、〈ぬん者〉であること。〈にん者〉たちが出はらっていたため、〈なん者〉のひなた丸《まる》が、となりの国のていさつに行くことになったことなど、説明した。しかし、だんだん早口になってくる。な

るほど、緊張《きんちょう》すると早口になるんだ。だから〈あわてしずめの術《じゅつ》〉がきくんだな、と思い、

「ド〜ラ〜キュ〜ラ〜とたたかあ〜ったり〜」とゆっくりにしてみたり。

横を向いて、ついに笑っている保護者《ほごしゃ》も数人いた。

とにかく、そのあともつっかえつっかえ、なんとかひなた丸《まる》のおもしろさを伝えた……つもりだ。吉樹《よしき》は、ぐっと腹《はら》に力をこめ、

「せっしゃよし丸は、これからもひなた丸《まる》のように、修行《しゅぎょう》を続けます」としめくくった。

そして、質問《しつもん》タイム。最初の質問《しつもん》は、

「ひなた丸《まる》のおとうさんが忍者《にんじゃ》なら、よし丸くんのおとうさんも忍者《にんじゃ》ですか？」

というものだった。

「サラリーマンです」

発表のときとはちがう緊張《きんちょう》がおそってきていて、ガチガチになっていた吉樹《よしき》の答えは、そっけない。数人の保護者《ほごしゃ》たちは、とうとう、声を出して笑いはじめた。

「その手は、修行《しゅぎょう》でけがをしたのですか？」

「はい」

笑いが笑いをさそい、広がる。

吉樹《よしき》は、なぜ笑われているのか、わからない。そして、もう早く終わってほしいという気持ちになっていた。次に質問《しつもん》をしたのは、日高だった。

「ぼくは、その本を二年生のときに読みましたが、同じ作者の本で、ほかにおもしろいのはありませんか？」

二年生のとき？　低学年向けの本だってことか？　吉樹《よしき》は腹《はら》が立った。でも、『なん者《じゃ》ひなた丸《まる》』以外は読んでいないのだから、答えようがない。

「そ、その修行《しゅぎょう》は、まだなので」

あっちこっちで爆笑《ばくしょう》がおこり、吉樹《よしき》の顔が、かーっと熱くなった。ところが、

そのとき、おとうさんのひとりが手をあげ、

「忍者《にんじゃ》って、すごいですよね。わたしも大好きです」といってくれた。それまで笑っていた保護者《ほごしゃ》やクラスメートたちが、へえ、という顔になる。

「前に忍者《にんじゃ》の映画《えいが》で、分身《ぶんしん》の術《じゅつ》というのを見たことがありますが、その本にも出てきますか？」

術《じゅつ》の内容を聞かれたとたん、吉樹《よしき》の頭の中には、『なん者《じゃ》ひなた丸《まる》』の全十五巻《かん》と、『なるほど忍者大図鑑《にんじゃだいずかん》』が浮《う》かび、すごいスピードでページがめくられた。

術《じゅつ》についての質問《しつもん》に、いいかげんな返事はできない。

吉樹《よしき》は宙《ちゅう》を見すえ、必死に頭をめぐらせた。

「分身《ぶんしん》の術《じゅつ》は、六巻《かん》に出てきます。でも、それは〈とりあえずの分身《ぶんしん》の術《じゅつ》〉というものです。おじいさんの雲隠三蔵老人《くもがくれさんぞうろうじん》やおじさんのくも丸《まる》は、この〈とりあえずの分身《ぶんしん》の術《じゅつ》〉が使えます。それは、すばやくあっちの木からこっちの木へと動き、まるでたくさんの人がいるように見せることです。でもどんなに速く動い

ても、目の前にいる人間が同時に、ふたりにも三人にも見えるようにすることはできません。だから、〈とりあえず〉なのです」

また早口になっているのが、自分でもわかっていた。でも、もう止まらなかった。シリーズのほかの巻《かん》にある分身《ぶんしん》の術《じゅつ》についても、いっそう早口になり説明していく。クラスメートも保護者《ほごしゃ》も、ぽかんとして聞いていた。

「『なるほど忍者大図鑑《にんじゃだいずかん》』という本には、分身《ぶんしん》の術《じゅつ》は出てきません。あるいは本物の忍者《にんじゃ》は使っていなかったのかもしれ……」

チン。

ハッとして、スクリーンに映《うつ》しだされたタイマーを見ると、「0：00」。終わりだ。

質問《しつもん》タイムでは、時間がすぎても区切りのいいところまでは答えられる。でも、吉樹《よしき》はいいかけていた言葉を続けることができなかった。

ちゃんと発表ができなかった。今日も最後にはチャンプ本を決めるわけだが、きっと無理だ。だが、今の吉樹《よしき》にはそんなことはどうでもよかった。分身《ぶんしん》の術《じゅつ》についてちゃんと説明ができず、忍者《にんじゃ》のことをちゃんと伝えられなかったことが、ただただくやしい。まだまだ、修行《しゅぎょう》が足りないんだ。

分身《ぶんしん》の術《じゅつ》を実際《じっさい》に使った忍者《にんじゃ》は、本当にいないのかな。もしかしたら、いるかもしれないじゃないか。今度、クルミンにほかの忍者《にんじゃ》の本を教えてもらおう。

そう思いながら自分の席へ歩いていたら、葉月がササッと手裏剣《しゅりけん》を投げるまねをしてきた。

うっ……、やられた。

吉樹《よしき》は、ばさりと本を落とし、エアー手裏剣《しゅりけん》がささった肩《かた》をおさえた。「ううっ」と、よろめく。そして、机《つくえ》にぶつかった。

教室は大爆笑《だいばくしょう》、そして盛大《せいだい》な拍手《はくしゅ》につつまれた。

3番目　小川《おがわ》セイラ

とうとう、セイラの番になった。黒板の前に立つと、足がふるえてきた。後ろで立っている保護者《ほごしゃ》の視線《しせん》がいっせいにセイラに集まる。おばあちゃんだけは、はじっこでイスにすわっている。若《わか》くてきれいなおかあさんたちの間にいると、いつもより小さくたよりなく見える。

「わたし……」

そういったきり、声が止まってしまった。とつぜん、頭がまっ白になって言葉が続かなくなったんだ。一秒ずつタイマーの時間がへっていく。手までふるえてきた。

いけない、と視線《しせん》を下げ、小さく深呼吸《しんこきゅう》する。それから、本を持ってない方の手をポケットに入れた。中に刺繍《ししゅう》の袋《ふくろ》が入っている。

朝、おかあさんがくれたんだ。雪の結晶《けっしょう》の刺繍《ししゅう》がしてある袋《ふくろ》。『エリザベス女王のお針子《はりこ》』を読んで、セイラが刺繍《ししゅう》をやろうとしてうまくいかず、とちゅうでほうりだしたのを、おかあさんは仕上げてくれていた。細かいところまで、きれいにできてる。

「かわいい」

とてもうれしくて、胸《むね》にあててみた。がんばれっていうおかあさんの思いがつまってる気がした。だから、今日はこれをおまもりにしようと、ポケットに入れて持ってきた。

刺繍《ししゅう》の袋《ふくろ》をぎゅっとにぎりしめていたら、だんだん心が落ちついてきた。

「み、みなさんは、もしも、こうだったらと、空想をしたことがありますか？　わたしはしょっちゅうです。小さいころから、自分が魔法使《まほうつか》いだったら、などと考えていました。おかしいんですけど、ほうきにまたがってみたり、呪文《じゅもん》を考えたり、どんな魔法《まほう》が使えたらおもしろいかって、ノートに書いてみたりしました。わたしは現実《げんじつ》以外にもうひとつの世界があるように思えるんです。見えるものだけがすべてじゃなくて、見えないものもわたしたちのそばにいて、笑ったり怒《おこ》ったり悲しんだりしてるはずだと。そんな空想ばかりしているわたしが好きなのは、ファンタジーといわれる物語です」

おばあちゃんがゆっくり立ちあがった。その笑顔を見つめながら、さらに続ける。

「ただ、たくさんファンタジーを読むと、どれもどこか似《に》ているって思うようになりました。ピンチになったら魔法《まほう》が使えたり、アドバイスをくれる妖精《ようせい》が出てきたりと、パターンがあるんです。けど、そんなパターンにあてはまらない本、それを今日、紹介《しょうかい》します」

『竜《りゅう》が呼《よ》んだ娘』の表紙を高くかかげて見せた。大好きな作家、柏葉幸子《かしわばさちこ》さんの作品だ。

「主人公がいるのは、罪人《ざいにん》、罪《つみ》をおかした人たちばかりがいる村です。谷深い村で、一生そこから出られません。出て行く方法はただひとつだけ。空飛ぶ竜《りゅう》に呼《よ》ばれないといけないいんです。その時期は十歳《さい》。なんと、わたしの歳《とし》です」

なんとか、つっかえずに一気に続けられた。練習してきたおかげだ。作者の柏《かしわ》葉幸子《ばさちこ》さんは岩手県に住んでいて、ほかにもおもしろい本を書いていることや、画家の佐竹美保《さたけみほ》さんはファンタジーのさし絵を多く描《か》いていて、人気があるイラストレーターだということも説明していった。

しかし、だんだんと教室がざわざわしてきた。

心配そうなクルミンと目が合った。セイラは、くちびるをかみしめた。そうだ、説明するんじゃなくて、気持ちをいわなきゃ。

本が好きな気持ち。

この本をおもしろいって思った気持ち。

自分のほんとの思い。

たしかにある。あるけど……。

セイラはもう一度、刺繍《ししゅう》の袋《ふくろ》をにぎってみる。それから、あごを上げ、やけっぱちのように声をはりあげた。

「では、これから、この本で好きなところをいいます」

急に大きくなった声に、みんながこっちに注目した。

「こ、この本で、わたしが何より好きなところは、主人公が元気いっぱいの明るい子じゃなくて、あの、その……、ぐずでがんこで目だたなく、なんのとりえもない、十歳《さい》のミアだということです。というのは、あの……」

声がかすれる。落ちつけと、セイラは胸《むね》に手をあてる。

すっといえばいいんだ。おばあちゃんがいったように、すっと。

「わたしも、ミアと同じように、なんのとりえもないからです。勇気もないし、友だちと話すのもへたです。手をあげて発言もできなくて、いやなこともはっきりいやといえません」

やだっ、なんだか、だめなところばかり、話してしまっている。

でも、教室のふんいきは、よくなった。ざわざわしていた男子たちが静かになり、女子たちも、前より興味《きょうみ》を持ったような顔で見てくれている。

「わ、わたしは、あ、歩いているときもうつむいてばかりだと、おかあさんから注意されるし、まわりからも、もっと元気を出してっていわれます。わかっていて、明るくなりたいのになれないで、そんな自分が悲しくなり、きらいになったりします」

話しながら、思いがこみあげてきて涙《なみだ》があふれそうになった。

だけど、タイマーはまだ動いている。五分って長い。続けなくちゃっ、とセイラはおなかに力をいれる。

「けど、この作品を読んだら……、ミアの勇気がわたしの心にたまっていくような気持ちになりました。今はだめだめなわたしだけど、いつか、ミアみたいに、強くて芯《しん》がある人に自分もなれるかもしれないって。また、この本みたいに、『がんこで不器用なままでいいよ』っていってくれる、気が合う人に出あえるかもしれないって……。現実《げんじつ》の世界では勇気がもらえないけど、わたしは空想の世界にはげまされます。そういう物語があることを、たくさんの人に知ってほしいです」

ああ、いえた、と思った。

同時に、いってしまった、とも思った。

そのあとは、よくおぼえていない。セイラはそれ以上話せなくなって、タイマーだけが進み、チンと音がした。終わったとわかったとたん、足の力がぬけて、ふらっとした。

しかし、次の瞬間《しゅんかん》、セイラは息をのんだ。たくさんの拍手《はくしゅ》をもらえたからだ。ぜんぜん、まとまらないで、へんてこで、本のことより、なさけない自分をさらけだした紹介《しょうかい》だった。それなのに、みんな、セイラの方を向いて、うなずいたり、あたたかいまなざしを向けてくれている。おばあちゃんなんて、手を頭の上にあげて、一生懸命《いっしょうけんめい》たたいている。

質問《しつもん》の手もあがった。

ファンタジーで、ほかにはどんな本が好きかとか、出てくる竜《りゅう》はこわいのか、とかだ。

セイラはできるだけ、一生懸命《いっしょうけんめい》答えた。好きな本のタイトルならいくらでもいえた。ストーリーもよくおぼえているから、竜《りゅう》のことも話せる。

クルミンと鈴木《すずき》先生が、うんうんとうなずきあっているのが、目のはしで見えた。

4番目　大石碧人《おおいしあおと》

碧人《あおと》は、足もとにおいた手さげ袋《ぶくろ》から『せいめいのれきし』を二冊《さつ》取りだした。

「ぼくが……紹介《しょうかい》するのは……この本です」

のどの奥《おく》から出てくるのは、かすれた声。たくさんの目が、碧人《あおと》を見ている。

「……二冊《さつ》の本……同じに、見えると思います。けど……ちがうんです」

右手と左手に一冊《さつ》ずつ持って、表紙をみんなの方に向ける。手がプルプルふるえている。

そのとき、「聞こえませーん」——女の子の声がした。

くっと、のどがつまった。でも、続けなきゃ。五分間、しゃべらなきゃ。碧人《あおと》は、せいいっぱい大きな声を出した
「左手の本、これは、おとうさんが、子どものころ、読んでいた本です。ぼくは、

幼稚園《ようちえん》に行く前から、この本が好きで、よく見ていました。けれど作者のバージニア・リー・バートンさんが……」

声がどんどん小さくなっていく。自分でもわかっていた。でも、どうにもできない……。

「作者がこの本を書いて、五十年たちました。その五十年間に、いろんなことが……わかってきたのです。そのわかってきたことを……たしたり、直したりして、改訂版《かいていばん》というのが出ました。それが、こっちです」

右手の改訂版《かいていばん》を前に出そうとしたとき、

「やっぱり聞こえませーん」

また、女の子の声がした。いくつもの顔がうなずいている。

(ぼく……もう、だめ…………)

碧人《あおと》は、持っていた本を、机《つくえ》の上に置いた。

教室がシーンとしている。

見なれた表紙の絵が目に入る。何匹《なんびき》も恐竜《きょうりゅう》がならんでいる。

(そうだ、前にいるのは恐竜《きょうりゅう》、そう思おう。人間じゃなくて、みんな恐竜《きょうりゅう》。そう思うんだ)

碧人《あおと》は、そろそろと顔を上げた。

教室の〈恐竜《きょうりゅう》たち〉が、首をのばして碧人《あおと》を見ている。

(恐竜《きょうりゅう》たちは、ぼくが何をいうか待っているんだ)

碧人《あおと》は、改訂版《かいていばん》を胸の前でしっかり立てた。

大きく息を吸《す》って、声を出す。

「ぼくはこの本を、去年のクリスマスに買ってもらいました。五十年間でわかったことの中で、ぼくがいちばんわくわくするのは、恐竜《きょうりゅう》のことです」

改訂版《かいていばん》の裏表紙《うらびょうし》を開く。

「ここに、こんなふうに書いてあります」

一字一字に、力を入れて読んでいく。

「――恐竜《きょうりゅう》は完全に絶滅《ぜつめつ》してしまったのではなく、一部は鳥類として現在《げんざい》も進化を続けていることが明らかになりました。――」

〈現在《げんざい》も進化〉というところ、少し声が大きくなった。

「へえーっ」って声が、いくつも返ってきた。

（ちゃんと聞いてくれている！）

体の奥《おく》が、ぽっと、あたたかくなった。

「地球は、46億年前に生まれました。こんなふうでした」

赤い火の玉だった地球のページを開く。よく見えるように、本を高く上げた。

「地球は、どんどん姿《すがた》を変えていきます」

ゆっくりページをめくっていく。

大好きな『せいめいのれきし』を、みんなが見ている。碧人《あおと》はうれしかった。

「5億年ほどたって地球に海ができて、そこに生きものの〈もと〉が生まれました。そこから、少しずついろんな生きものが誕生《たんじょう》します。そして、恐竜《きょうりゅう》の時代がやってきます」

スクリーンを見た。時間はあと三分。ここからは大好きな恐竜《きょうりゅう》の話だ。話したいことがいっぱいある。

でも、何をしゃべる？　どうしゃべる？　碧人《あおと》の頭の中がぐるぐるまわっている。スクリーンの時間がどんどんへっていく。

「ぼくは、宗太《そうた》と穴《あな》をほっています」

思わずいってしまった。これは、本とは関係ないことだ。でも、もう引きかえせない。碧人《あおと》は話を続けた。

「恐竜《きょうりゅう》の時代にちょっとでも近づけたらいいなあと思って、庭に穴《あな》をほっているんです。その穴《あな》にポールを立てて、地面の奥《おく》の音を聞きます。ゴー、ジジー、いろんな音がします」

くすくすと、笑っている〈恐竜《きょうりゅう》〉がいる。「おもしろいな」という顔をしている〈恐竜《きょうりゅう》〉がいる。みんなが碧人《あおと》に目を向けている。

「それって、近くを走る自動車の音かもしれません。水道管の中を流れる水の音かもしれません。ぼくの気のせいかも……。でも、目をつぶって、ポールに耳をあてていると、この本のページが次々に見えてくるんです。火の玉だった地球、恐竜《きょうりゅう》が生きていた地球……」

碧人《あおと》は、本を開いた。

「ほら、このページにも、このページにもリボンのような巻物《まきもの》が描《か》いてあるでしょ。地球の歴史の巻物《まきもの》です。ぼくは、宗太《そうた》とこれをまねして巻物《まきもの》を作りました」

ポスターを切ってつなげたことを話した。人間の時代と恐竜《きょうりゅう》の時代がとっても近いことも話した。

「今日は持ってこなかったけれど、見たい人はうちに来れば……」

チン、と一分前の合図があった。ハッと気がついた。そうだ。この本を好きな理由を話さなきゃいけないんだ。あと一分、あと一分だ。

「『せいめいのれきし』は、科学の本や図鑑《ずかん》とは、まるでちがいます！」

碧人《あおと》は、びっくりするぐらい大きな声でいっていた。

本を、ぐっと前につきだす。

「写真や図解《ずかい》はのっていません。でも、ページをめくるたびに、姿《すがた》を変えた地球が舞台《ぶたい》の上に広がります。その世界を、ナレーターが説明してくれます。ほら、ここ、舞台《ぶたい》のすみに小さな男の人がいるでしょ。この人がナレーターです。この三センチぐらいの男の人は、ものさしにもなるんです。この人とくらべて、その時代の動物や植物の大きさを知ることができます。そんな工夫が、この本のあちこちにあるんです。何回読んでも新しいことを発見します。だから、ぜんぜんあきません」

いいながら、碧人《あおと》は思っていた。いいたいのはこれだけじゃあない。いちばん伝えたいことは、もっとほかにある。それは……それは……それは……。

チンと音がした。碧人《あおと》の時間は終わった。

質問《しつもん》タイムがはじまった。

しばらくして、「ハイ」――と女の子の声がした。

「碧人《あおと》くんは、どの場面がいちばん好きですか？」

碧人《あおと》は迷《まよ》った。あそこも、ここも、ここもと、頭の中で思いうかべる。

(そうだ！　あれがいいたかったんだ)

急いで最後のページを開いた。

「ぼくが、いちばん好きなのは、ここです！」

黄色いリボンが、くるくると窓《まど》に向かっているページだ。窓《まど》の外には太陽がかがやいている。書いてある言葉を、読みあげる。

「さあ、このあとは、あなたのおはなしです。主人公は、あなたです。ぶたいのよういは、できました。時は、いま。場所は、あなたのいるところ。――」

碧人《あおと》は本から目をはなして、まっすぐ前を向いた。

「ぼくは、このページにくると、いつもドキドキします。わくわくします。火の玉みたいな世界も、恐竜《きょうりゅう》の住んでいた世界も、どこか別のところにあるんじゃなく、今ぼくがいる、この地球でつながっているんだと、はっきりと思うことができるからです。本の続きに、ぼくがなっていくんだと、わくわくするんです」

「はい、質問《しつもん》タイム、終わりです」

先生の声に、拍手《はくしゅ》が起こった。

碧人《あおと》は本をだいて、深くおじぎをした。

（話せた！　ぼく、みんなの前で、ちゃんと話せた）

パチパチ、パチパチ――長いながい拍手《はくしゅ》だった。

顔を上げたら、たくさんの〈人間たち〉が碧人《あおと》を見ていた。でも、もうこわくない。ひとりひとりの顔が、はっきり見える。

あっ――声が出そうになった。

保護者《ほごしゃ》の人たちにかくれるようにして、おねえちゃんがいる。教室のすみで、思いっきり拍手《はくしゅ》をしている。

碧人《あおと》は、おねえちゃんに見えるように、背中《せなか》をしゃんとのばして、席にもどっていった。

第三部　そして、ビブリオバトルが終わった

——小川セイラの場合

教室に拍手《はくしゅ》がひびきわたって、わたしは、ハッとした。

いけない。自分の発表が終わって、ぼうーっとしちゃったみたい。

あわてて黒板の方を見ると、発表を終えた、大石碧人《あおと》くんがおじきをして、席にもどっていった。

「これで四人の本の紹介《しょうかい》が終わったな。みんな、いい紹介《しょうかい》だったと思うぞ。がんばったな。さあて、次は……」

鈴木《すずき》先生が教室を見まわしたら、シーンと静まりかえった。これからチャンプ本を決める投票がおこなわれる。わたしの心臓《しんぞう》はばくばくと高なりだした。体育の全力ダッシュのときみたいに。

鈴木《すずき》先生は投票についての注意をはじめたの。本に投票するんだ、仲よしにいれるわけじゃないとか、そういう感じのやつ。

わたしは、ちゃんと聞いてられなかった。一票も入らなかったらどうしようって思うと、そわそわしちゃって、声がしっかり入ってこないの。

今回は班《はん》でやったときとちがって、「やりきった」って感じはある。だからこそ、票が入るのを期待《きたい》している自分もいる。でも、ちがったらがっかりするから、そう思うのをやめなきゃとか、いろんな気持ちが頭をかけめぐったの。

「では、四人、前に出てきて」

鈴木《すずき》先生の合図で、珊瑚《さんご》が立ち、次に十文字くんが立った。それぞれ、紹介《しょうかい》した本を持って前に出ていく。早くっていわれて、わたしと大石くんもそれに続いたの。ひとりひとり、紹介《しょうかい》した本をもう一度見せてから、四人そろって、クラスのみんなに背《せ》を向けるように、黒板の方を向かされた。だれがだれに投票したか、見えないようにするためだって。

だけど、人が動く音とか、せきばらいとかは聞こえるから、ドキドキしておなかのあたりがきゅんとちぢこまる。だから、刺繍《ししゅう》の袋《ふくろ》をにぎりしめて、ぎゅっと目をつぶったの。

「では、発表を聞いて、読みたくなった本に手をあげましょう。ひとり一回だけ。保護者《ほごしゃ》の方も、どうぞご参加ください。高く手をあげてくださいね」

まず、珊瑚《さんご》からだ。

鈴木《すずき》先生とクルミンが人数をかぞえて、歩きまわる気配《けはい》がする。

十文字くん。

わたし。

大石くん。

次々と名前が呼《よ》ばれて、投票は続いていった。

数えおわった合図で、わたしたちはみんなの方に向きなおった。みんな、にやにやしてこっちを見ている。もう、結果がわかっているみたい。

そんなみんなをまっすぐに見られなくて、わたしは、ぎゅっと目をつぶった。

「では、チャンプ本を発表します。今回のチャンプ本は小川セイラさんが発表した『竜《りゅう》が呼《よ》んだ娘』です。おめでとう」

教室じゅうにひびくくらい、大きな拍手《はくしゅ》がおきた。

「えっ」

わたしはあわてて目を開けた。でも、どこを見ていいかわからなくて、こまっちゃった。こういうの、なれていないから。信じられないし、はずかしいし、てれくさいし、変な気持ち。

でも、おばあちゃんが、まわりのお母さんたちにおめでとうっていわれて、目にハンカチをあてているのを見たら、胸《むね》がいっぱいになって、うれしさがあふれだした。

クルミンも笑顔でうなずいてくれている。

「よかったな。小川さん」

鈴木《すずき》先生が、わたしに、まん中に立って、ひとことあいさつをするようにいったの。

でも、わたしは動けず、そのままの場所で、何度もおじぎをした。窓《まど》の方を見たり、廊下《ろうか》の方を見たり、いろいろな方を向いてぺこぺこと。そしたら、なんか、笑われちゃった。やっといえた言葉は、ひとつだけ。

「ありがとうございます」

やっぱ、わたしってさえないキャラだな。

でも、いいか。わかってもらえたんだ。わたしの好きな本のことが、みんなに伝えられたんだから。

「保護者《ほごしゃ》の方々、参観《さんかん》、おつかれさまです。この授業《じゅぎょう》はこれで終わりです。ビブリオバトルは、本を紹介《しょうかい》するだけでなく、発表する人のことを知るゲームでもあります。チャンプ本をとった小川さんをはじめ、四人は気持ちをうまく伝えてくれました。きっと、これをきっかけに、四年二組が、前よりも仲よくなると思います。また、今日、発表しなかった人たちも、次の機会にはビブリオバトルに挑《ちょう》戦《せん》してもらおうと思うので、そのときはまた、参観にいらしてください」

ちょうどそこで授業《じゅぎょう》の終わりのチャイムがなった。

四時間目も学校公開日は続くけど、おかあさんやおとうさんたちは、いったん教室を出ていった。おばあちゃんも、わたしに小さく手をふって、おじぎしながら帰っていったの。「あとでね」って形で、口を動かしながら。

鈴木《すずき》先生は、パソコンやプロジェクターなどビブリオバトルに使った機材を、日直といっしょに片《かた》づけに行っちゃった。すると、教室は一気にざわざわとさわがしくなったの。みんな、友だちの机《つくえ》に集まって、おしゃべりしたり、ふざけたり。

わたしはつかれたから、席にすわったまま、ぼんやりしていた。そしたら、珊《さん》瑚《ご》がこっちに来た。

「キンコ。チャンプ本、とれたね。よかったじゃん」

「あ、ありがとう」

「で、あの約束だけど、あたしは何をすればいいの？」

「えっ?」

いきなりで、ちょっと、きょとんとしちゃった。それから、「チャンプ本をとった方が、そうでない方に、ひとつだけいうことを聞かせる」って約束したことを思いだした。

「そ、それはね。あのね。あの……」

「何? じらさないで、いってよ」と、珊瑚《さんご》。

だったらと、思いきって、勇気を出したの。

「あだなよ。キンコってやつ。あれがいやなの。キンコっていうの、やめてほしいの」

「はっ?」

珊瑚《さんご》の目がまん丸になった。それから、おおげさにがくっとずっこけると、机《つくえ》をたたきながら、笑いだしたの。

「なーんだ。そんなこと。早くそういえばよかったのに」

いったのにって、わたしは心の中で思ったよ。けれど、珊瑚《さんご》には、まったく伝わってなかったみたい。

「そっか。うん、うん。キンコっていうと、『金庫《きんこ》』みたいだもんね。ケチみたいに聞こえるかもね。じゃ、変えるね。うーんとそうだな……」

珊瑚《さんご》は、天井《てんじょう》を見あげながら、あごに指をあてた。

「あっ、ひらめいた。ニノは？　ニノ。かわいいでしょ」

「えっ？」

わたしの目は点になった。「ニノ」って二宮金次郎《にのみやきんじろう》のニノ？　まだ、わたし、二宮金次郎《にのみやきんじろう》からはなれられないの？　セイラだから、ララとか、ララっちとか、せめて、小川だから、おがっちとか、いってくれたらいいのに。

でも、わたしがもたもたしている間に、珊瑚《さんご》は「これから小川さんのことをキンコって呼《よ》んじゃだめよ。『ニノ』だよ」なんて、いってまわっているの。

もうって、口がとんがっちゃった。二宮金次郎《にのみやきんじろう》からはなれられるって思っていたのに！

で、指と指をからめて、どうしようってこまっていたら、肩《かた》をたたかれたの。

ふりむくと、クルミンがにっこり笑っていた。

「小川さんの発表、とてもよかったわよ。がんばったわね。泣きそうだったよ」

目もとをぬぐうしぐさまでしてくれる。

「自分のことまで話しちゃって、はずかしいです」

わたしはてれくさくて、顔を手のひらでかくした。

「思いきって、話してくれたわよね。だから、小川さんの発表に、多くの人が手をあげたのよ。感動したんだと思うわ。それからね、珊瑚《さんご》さんは前にいっていたのよ。友だちをニックネームで呼《よ》ぶのは、その人と仲よくなりたいからだって」

「へっ？　珊瑚《さんご》がわたしと？　うそっ？」

「わたしをクルミンってニックネームにしたのも、珊瑚《さんご》さんなの。ほんと、ニックネームをつけるのが、好きなのよね」

「そ、そうなの……」

わたしは珊瑚《さんご》の方を見たの。珊瑚《さんご》は、十文字くんの机《つくえ》で教科書をしまう手伝いをしていた。十文字くんがけがして自分でできないから。

「うわっ、よし丸ったら、折り紙の手裏剣《しゅりけん》、こんなに持ってきてる」

珊瑚《さんご》が、ランドセルの中に見つけたのを、机《つくえ》の上にざーっと広げている。

「作りすぎたから、みんなにあげたくてさ。クラスの人数分あるよ」

と、十文字くん。

「うわ、おれ、ほしい」

「ぼくも」

男子たちが、集まってきた。

「じょうずに折れてる。うまいなー。くれるの？」

「どれにしようかな」

「きれいなのがいいな」

もらえるとなると、女子も気に入ったのを選びはじめた。

珊瑚《さんご》が、ちらっとこっちの方を見た。

「ニノもおいでよ。手裏剣《しゅりけん》、選ばないと、なくなっちゃうよ」

早くと手まねきしてる。鳥越《とりごえ》さんやまわりの子も、「おいでよ」と呼《よ》んでくれている。

みんないつもより、やさしいみたい。

「そっか」

わたしが本の紹介《しょうかい》のとき、自信がないみたいなこといったから、さそってくれているんだ。同情《どうじょう》されてるのかな？　だったらいやだ。どうしよう。

迷《まよ》っていたら、クルミンが背中《せなか》を軽くおしてくれた。

「行きなさい。あの子たちも、小川さんの本に一票いれたのよ。こんなふうに、手をまっすぐにあげて」

クルミンは投票するまねをする。うでを耳にぴったりくっつけて、指の先までのばして。

「うっそー？」

「ふふふ。うそじゃない」

「じ、じゃあ」

わたしはクルミンにうなずいて、珊瑚《さんご》たちの方に歩きだした。

まわりでは、男子たちがもらった手裏剣《しゅりけん》を投げて、遊びだしている。

赤、黄、みどり、

いろんな手裏剣《しゅりけん》が飛びかって、教室に折り紙の色があふれる。

「ほんと、男子って変だよね。忍者《にんじゃ》にあこがれたり、穴《あな》ほったりさ」

ぶつぶつとつぶやいていた珊瑚《さんご》だけど、わたしを見ると、にっと笑った。

「あっ、ニノ。ニノはチャンプ本をとったんだから、金色にすれば？」

珊瑚《さんご》がひとつ選んで、手わたしてくれた。金メダルみたいなピカピカの手裏《しゅり》剣《けん》だ。

「うん。ありがとう。うれしい」

わたしは、それを胸《むね》にあてて、珊瑚《さんご》にうなずいてみせた。

ニノって呼《よ》ばれるのも、悪くないなって思いながら。

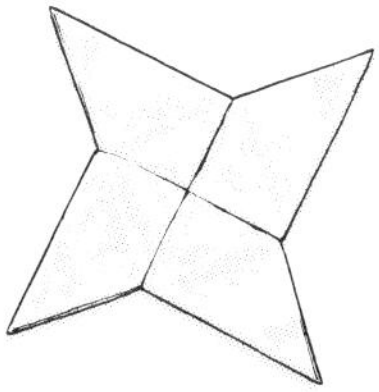

この物語に登場する本

海野珊瑚

『ナルニア国ものがたり　朝びらき丸　東の海へ』（岩波少年文庫）
C. S. ルイス／作　瀬田貞二／訳
岩波書店

『からすのパンやさん』
かこさとし／作・絵
偕成社

『よだかの星』
宮沢賢治／作　中村道雄／絵
偕成社

『アナウンサーになろう！　愛される話し方入門』
堤 江実／著
ＰＨＰ研究所

『理系アナ桝太一の生物部な毎日』（岩波ジュニア新書）
桝 太一／著
岩波書店

『21世紀こども百科　しごと館』
羽豆成二／監修
小学館

十文字吉樹

『なるほど忍者大図鑑』
ヒサクニヒコ／絵・文
国土社

『なんでも魔女商会　お洋服リフォーム支店』
あんびるやすこ／作・絵
岩崎書店

『画本宮澤賢治　銀河鉄道の夜』
宮澤賢治／作　小林敏也／画
好学社

『世界でいちばん貧しい大統領からきみへ』
くさばよしみ／文
汐文社

『なん者・にん者・ぬん者』シリーズ
『なん者ひなた丸 ねことんの術の巻』
斉藤 洋／作　大沢幸子／絵
あかね書房

小川セイラ

『エリザベス女王のお針子　裏切りの麗しきマント』
ケイト・ペニントン／作　柳井 薫／訳
徳間書店

『獣の奏者』シリーズ
上橋菜穂子／著
講談社

『シノダ！　チビ竜と魔法の実』
富安陽子／著　大庭賢哉／画
偕成社

『ダレン・シャン』シリーズ
ダレン・シャン／著　橋本 恵／訳
小学館

『デルトラ・クエスト』シリーズ
エミリー・ロッダ／作　岡田好惠（I・II）上原 梓（III）／訳　はけたれいこ／絵
岩崎書店

『12分の1の冒険』
マリアン・マローン／作　橋本 恵／訳
ほるぷ出版

『竜が呼んだ娘』
柏葉幸子／著　佐竹美保／絵
朝日学生新聞社

大石碧人

『レ・ミゼラブル―ああ無情―』（新装版）（青い鳥文庫）
ビクトル・ユーゴー／作　塚原亮一／訳　片山若子／絵
講談社

『せいめいのれきし　改訂版』
バージニア・リー・バートン／文・絵　いしいももこ／訳　まなべまこと／監修
岩波書店

『おもしろ恐竜図鑑』
関口たか広／絵・文
国土社

『ヒサクニヒコの恐竜図鑑』
ヒサクニヒコ／著
ポプラ社

『あしながおじさん』（岩波少年文庫）
ジーン・ウェブスター／作　谷口由美子／訳
岩波書店

ビブリオバトル公式ルール

1　発表参加者が読んで面白いと思った本を持って集まる。
2　順番に一人５分間で本を紹介する。
3　それぞれの発表の後に参加者全員でその発表に関するディスカッションを２～３分行う。
4　全ての発表が終了した後に「どの本が一番読みたくなったか？」を基準とした投票を参加者全員一票で行い、最多票を集めたものを『チャンプ本』とする。

公式ルールの詳細

1　発表参加者が読んで面白いと思った本を持って集まる。
　a　他人が推薦したものでもかまわないが，必ず発表者自身が選ぶこと。
　b　それぞれの開催でテーマを設定することは問題ない。
2　順番に一人５分間で本を紹介する。
　a　５分が過ぎた時点でタイムアップとし発表を終了する。
　b　原則レジュメやプレゼン資料の配布等はせず、できるだけライブ感をもって発表する。
　c　発表者は必ず５分間を使い切る。
3　それぞれの発表の後に参加者全員でその発表に関するディスカッションを２～３分行う。
　a　発表内容の揚げ足をとったり、批判をするようなことはせず、発表内容でわからなかった点の追加説明や、「どの本を一番読みたくなったか？」の判断を後でするための材料をきく。
　b　全参加者がその場が楽しい場となるように配慮する。
　c　質問応答が途中の場合などに関しては、ディスカッションの時間を多少延長しても構わないが、当初の制限時間を大幅に超えないように運営すること。
4　全ての発表が終了した後に「どの本が一番読みたくなったか？」を基準とした投票を参加者全員一票で行い、最多票を集めたものを『チャンプ本』とする。
　a　自分の紹介した本には投票せず、紹介者も他の発表者の本に投票する。
　b　チャンプ本は参加者全員の投票で民主的に決定され、教員や司会者、審査員といった少数権力者により決定されてはならない。

参加者は発表参加者、聴講参加者よりなる。全参加者という場合にはこれらすべてを指す。

ビブリオバトル普及委員会

作家　森川成美（もりかわしげみ）
大分県出身。第18回小川未明文学賞優秀賞受賞。主な著書に『アサギをよぶ声』シリーズ（偕成社）『福島の花さかじいさん』（佼成出版社）『妖怪製造機』（毎日新聞出版）『フラフラデイズ』（文研出版）などがある。「季節風」同人。

おおぎやなぎちか
秋田県出身。第15回児童文学ファンタジー大賞佳作作品『しゅるしゅるぱん』（福音館書店）にて第45回児童文芸新人賞受賞。『オオカミのお札（一）〜（三）』（くもん出版）にて第42回日本児童文芸家協会賞受賞。句集『だだすこ』（俳号・北柳あぶみ／童子吟社）。日本児童文学者協会、日本児童文芸家協会会員。「季節風」、「童子」同人。

赤羽じゅんこ（あかはねじゅんこ）
東京都出身。『がむしゃら落語』（福音館書店）で第61回産経児童出版文化賞ニッポン放送賞を受賞。『わらいボール』（あかね書房）『カレー男がやってきた！』（講談社）『夢は牛のお医者さん』（小学館）など著書多数。日本児童文学者協会理事。

松本聰美（まつもとさとみ）
兵庫県出身。著書に『声の出ないぼくとマリさんの一週間』『ん　ひらがな大へんしん』（共に汐文社）『ぼく、ちきゅうかんさつたい』（出版ワークス）『わたしは　だあれ？』（角川書店）などがある。日本児童文学者協会会員。

画家　黒須高嶺（くろすたかね）
埼玉県出身。イラストレーター、挿絵画家。児童書の仕事に『えほん横浜の歴史』『日本国憲法の誕生』（岩崎書店）『自転車少年』（くもん出版）『五七五の夏』（文研出版）『ふたりのカミサウルス』（あかね書房）『冒険の話 墓場の目撃者』（偕成社）『あぐり☆サイエンスクラブ：春』（新日本出版社）『パイロットのたまご』（講談社）などがある。

装丁　久住和代

なみきビブリオバトル・ストーリー2
決戦は学校公開日

2018年2月　第1刷発行　　2020年7月　第3刷発行
作　者　森川成美　おおぎやなぎちか　赤羽じゅんこ　松本聰美
画　家　黒須高嶺
発行者　浦城寿一
発行所　さ・え・ら書房
〒162-0842　東京都新宿区市谷砂土原町3－1
電話 03-3268-4261　https://www.saela.co.jp
印刷所　光陽メディア
製本所　東京美術紙工　Printed in Japan
 ISBN978-4-378-01553-8　NDC913